新精英生涯

成长，长成为自己的样子！

把每一天，当作梦想的练习

Dream

王鹏程 / 著

湖南文艺出版社
HUNAN LITERATURE AND ART PUBLISHING HOUSE

博集天卷
CS-BOOKY

图书在版编目（CIP）数据

把每一天，当作梦想的练习 / 王鹏程著 .—长沙：湖南文艺出版社，2014.1

ISBN 978-7-5404-6534-6

Ⅰ .①把… Ⅱ .①王… Ⅲ .①成功心理—通俗读物Ⅳ .① B848.4–49

中国版本图书馆 CIP 数据核字（2013）第 300859 号

上架建议：成功心理·通俗读物

把每一天，当作梦想的练习

作　　者：王鹏程
出 版 人：刘清华
责任编辑：薛　健　刘诗哲
监　　制：蔡明菲　潘　良
特约编辑：汪　璐
营销支持：尤艺潼
封面设计：主语设计
版式设计：李　洁
出版发行：湖南文艺出版社
　　　　　（长沙市雨花区东二环一段 508 号　邮编：410014）
网　　址：www.hnwy.net
印　　刷：北京嘉业印刷厂
经　　销：新华书店
开　　本：880mm×1230mm　1/32
字　　数：170 千字
印　　张：8
版　　次：2014 年 1 月第 1 版
印　　次：2014 年 1 月第 1 次印刷
书　　号：ISBN 978-7-5404-6534-6
定　　价：29.80 元

（若有质量问题，请致电质量监督电话：010-84409925）

概要

微博上曾经流行一句话：鸡蛋，从外打破，是食物；从内打破，是生命。人生，从外打破，是压力；从内打破，是成长。

被迫成长，是消极、盲目、短暂的；成长的力量来自内部，才是积极、明确、持久的。

这是一本职场励志书，以自我成长为主题，强调由内而外地主动改变。

全书包括五章，共 50 个主题。

前三章强调自我修炼。人在职场，如果能拥有正确的**思维模式**、主动积极的**态度**、即知即行的**行动力**，任它江湖险恶，我自内心强大。

第四章分享如何与老板相处，如何搞定老板。**让老板成为自己职业发展的贵人**，任同

侪排挤，我自如鱼得水。

第五章的主题集中在如何与他人相处，建立良好的职场关系。众口铄金，积毁销骨，能搞定他人，任冷箭嗖嗖，人在江湖漂，永远不挨刀。

作者在外企人力资源培训与员工发展领域浸泡12年，文章中既有专业管理理念，又有真实有趣的职场故事，读来回味无穷。

作者本人，就是一颗由内而外打破的蛋。

自序——无雀（qiǎo）儿不成书

在我上初中的时候，多才多艺但始终不得志的父亲信了命，开始钻研易经八卦。某天，在反复研究了我的生辰八字之后，老爸说：出生的时候，受文曲星庇护，你将来能出书啊。

坚信唯物主义的我，一直把这当个笑话。

不过我喜欢写字是真的。从小学五年级开始记日记，直到上大学，几乎每天都在写东西，后来清点一下，写满了二十来个各式笔记本。

2005 年，我还在博客上写过一部 15 万字的半自传体小说，算作对青春的祭奠。那部小说，主要是写给自己看的，没想过要出版。

小说写完，就基本封了笔。2012 年 4 月，表达的欲望再次汹涌，我开始在博客上写些职场类文章，没想到，朋友们读了都说好。

某天，一个出版社的朋友留言说：鹏程，出书吧。

我说：写得行吗？

她说：太行了，你写的都是"干货"啊。

就当我们在网上说这些话的时候，一只麻雀飞进了我的办公室。这只雀儿，应该是从办公楼的大门飞进来的，然后，在两层楼里乱窜，最后扎进了我的房间。

我停止了和朋友的交流，关上门，满屋追，最后用衣服捕到它，下楼把它放飞到天空中。

回来后，朋友说：鹏程，你这书一定能出。

我说：为何？

她说：麻雀，雀儿，在东北又被称为雀儿（"雀"读三声），无雀（巧）儿不成书啊。

于是我开始白天上班，晚上写作。就在要写完的时候，结识了古典——《拆掉思维里的墙》的作者、新精英生涯总裁。

提到写书这个话题，古典说，新精英正计划和"博集天卷"合作，出版一套职场书。

两个人一拍即合，我欣然加入这个计划。接下来，见了编辑蔡明菲，也就有了这本书。

2012年初，我创办了公益组织——阳光心态公益联盟。这个组织只做两件事：大学校园公益演讲和资助贫困学生。

这个组织有个"一十双百"的目标：10年内，在100所大学，做至少100场演讲。有意合作的大学请@我的新浪微博：王鹏程－积极职场与幸福人生，或写信至我的新浪邮箱：winter_wangtj@sina.com。

这本书的全部个人收入，我将捐献给贫困学生。你多买，我就多捐，让我们用生命影响生命。

C目录
ONTENTS

第一章
思维决定人生

第五章
纵横职场

第一章
思维决定人生

把 每 一 天 ， 当 作 梦 想 的 练 习

一 思维模式决定了我们的人生

周六，难得的一个晴天，一个在苏州工作的朋友来访。

中午一起吃饭，朋友说这个春节过得很郁闷。问原因，他说运气很差，参与赌博被警察抓了，花了两万多块钱才把自己赎出来，损失很大。他还说，连续五年，总是摊上类似的事，或者打架惹上官司，或者做生意赔钱。总之，点儿很背，运气很差。

他讲这些的时候，我的头脑有所游离。尤其是他将赌博被抓，归结于运气太差。游离间想到史蒂芬·柯维在《高效能人士的七个习惯》里提到的相当牛的 **"See-Do-Get"**（观—为—得）模型：

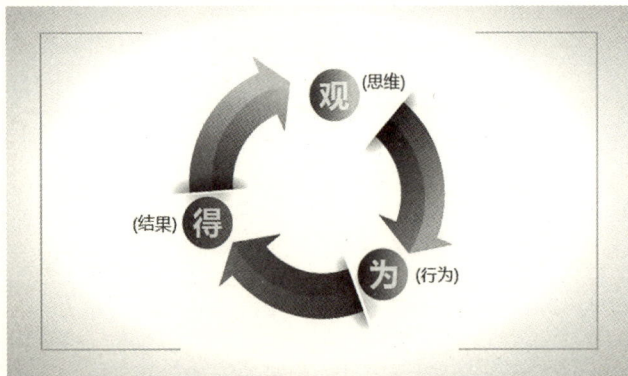

　　这个模型要表达的是：我们工作和人生收获的一切结果（Get——得），取决于我们的行为（Do——为），而我们的行为取决于我们的思维模式（See——观）。而影响最终结果的思维模式（See），英文译为 paradigm、mind-set，指我们如何看待、理解、诠释周围的世界。比如，我的这个朋友，思维里认为赌博是否被抓是种运气，那他很可能去碰运气，也就是赌博（行为）。如果有这种行为，就自然得到了被抓的结果。思维决定结果，结果也可能循环回来影响人的思维。比如，别人赌博没有被抓，会加深这个朋友赌博被抓与否由运气决定的思维模式。

　　思维模式是指我们如何看待这个世界，内容主要涉及价值观、信念、态度。思维模式如同种子，是深藏我们行为背后的原因，决定了我们的人生，正所谓种瓜得瓜、种豆得豆。而每个人的思维模式，受家庭环境、学校教育、社会影响、自身经历等因素共同作用，会有很大不同。比如买楼，有人觉得八楼好，八就是发嘛，而有人说宁可买七楼也不买八楼，七上八下啊；有人说十八楼好，要发嘛，而有人说十八不好，十八层地狱啊。

　　在另一门经典培训课程（Crucial Conversations——关键对话，版权归属美国 Vital Smarts 公司）里，作者给我们总结了芸芸众生通常会有的、目前社会普遍存在的、十分有害的三种思维模式：

　　　　·受害者（Victim）模式。受害者模式指的是当事情没能如愿时，总是认为自己十分无辜，自己没错。比如上面朋友的例子，就是典型的受害者模式。他把赌博被抓被罚归咎于运气不好，而无视自己的责任——赌博本身就是件错事。日常的人际关系中，我们看过太多太多"错不在自己"（It's not my fault）的例子了。

·**坏人模式。**坏人模式指的是放大别人的缺点，而无视别人的优点，把别人都当成坏人（It's your fault. 是你的错。）。现代社会也不乏这种一叶障目、一棍子把人打死的例子。

·**无助者模式。**就我的培训经验看，这种模式最为普遍：这个社会就这个样子，我除了随波逐流还能怎样；公司政策如此，我除了服从别无他法；我老婆就那德行，只剩下暴力能对付她了。无助者模式（I'm helpless. 我是无辜的。）里充满了"不得不""没办法""只能这样了"的话语。

思维模式决定行为，行为决定结果。而结果的好坏，是由什么来衡量和评价的呢？是原则（principle）。也就是说，你做事的结果符合放之四海而皆准的原则，比如正义，比如善良，比如公平，结果就是好的。否则，结果就是不好的，比如朋友赌博，违反了合法致富的原则，结果可以预期。

所以说，价值观决定行动，原则决定结果。

那么，如何拥有符合原则并能带来良性结果的思维模式呢？

积极心理学领域以及目前市面上的情绪压力管理、幸福主题方面的培训课程，都不能不提 ABC 理论。

该理论是由美国心理学家阿尔伯特·艾利斯于 20 世纪 50 年代

首创的情绪调节法，又称 ABC 性格理论。A 指诱发性事件（activat-ing events）；B 指个体遇到诱发性事件相应而生的信念（beliefs），即他对这一事件的看法、解释和评价；C 指在特定情景下，个体的情绪和行为的结果（consequences）。艾利斯的 ABC 理论的三个要件分别代表事件、主观认知和反应结果。这三个要件构成一个简单顺畅的逻辑链条。A 只是引起情绪和行为结果的间接原因，而 B——人们对诱发性事件的看法、解释和评价，才是引发情绪和行为结果的更直接的原因。

　　在"关键对话"培训课程里，作者对这个 ABC 理论又进行了改进，升级为伟大的、我个人极其膜拜的**"行为产生路径"**（path to action），用来解释人们的行为产生过程：

事件 ▸ 故事 ▸ 情绪 ▸ 行为

　　这里面的**"故事"是最重要的，是指对事件的看法、理解、诠释**。显然，对同一事件，可以用不同的故事来演绎。比如，我们常常提及的瓶子里有半瓶水（事件），主动积极的人会想"啊，还有半瓶水呢"，而被动消极的人会想"唉，就剩半瓶水了"。这就是"故事"的不同，前者会相应产生积极、放松的情绪及行为，而后者会带来消极、焦虑的情绪及行动。

　　又比如，在职场，你正在做一份报告，上司一小时内过来三次关注进展并给予建议（事件）。你可以往消极路径思考，认为这是对你能力的不信任（故事），相应的，你可能会愤怒、郁闷（情绪），继而将报告敷衍了事，从此对上司不信任、不支持（行为）。你也可以往积极方向投注思维，认为这份报告很重要，老板很信任你（故事），你会觉得受到激励、重视（情绪），所以全情投入，将报告做好（行为）。

有人会反驳，如果事实就是老板不信任我呢？我编正向故事往积极方向思考不是自欺欺人吗？那也有益无害啊，你积极地想，努力地做好这份报告，很有可能改变老板对你不信任的状况。如果往消极方向想，结果肯定不好，破罐子破摔，肯定会恶性循环。

那么我们做得到吗？很多事情发生得都很突然，我们必须立即反应，可我们有时间编正向故事、做积极思考吗？史蒂芬·柯维在《高效能人士的七个习惯》里给出了肯定答案。**人类有任何生物都不具有的四大天赋：自我意识（self-awareness）、想象力（imagination）、良知（conscience）和独立意志（independent will）。在刺激（事件）和反应（行为）之间，我们有选择的自由：**

选择的自由

刺激　　　　　　　　　　　　反应

Stimulus　　Freedom to Choose　　Response

　　这里所说的选择的自由，就是针对"关键对话"里面"行为产生路径"里的"故事"部分说的。我们可以选择自己的态度，决定自己对事件的看法、理解、诠释。

　　说到最后，既然同样的事件，可以讲不同的故事，也就是有不同的思维模式，那我们讲怎样的故事，有怎样的思维模式才是正确的呢？

　　只有那些符合原则并能帮助我们取得理想结果（desired result）的故事和思维模式，才是正确的，而上面提到的受害者模式、坏人模式、无助者模式都是不对的。

　　所以，当我们面对事件或者选择的时候，审视一下自己的思维模式（别忘了我们有四大天赋之一的自我意识，可以抽离出来反观自己的想法），问自己两个问题：

　　1. 我这样想和随后要采取的行为，符合普世的、放之四海而皆准的原则吗？比如正直、诚信、善良、公平。

　　2. 我这样想和随后要采取的行动，有助于实现我要的结果吗？这个结果可以包括工作绩效、良性的人际关系和生命整体的平衡。

　　如果两个答案都是肯定的，Just do it（那就去做），你肯定是对的。

　　思维模式和价值观决定行为，而原则决定结果，种瓜得瓜，种豆得豆。

　　持有主动积极、昂然正向、符合原则的思维模式，未来之树必定枝繁叶茂；种下被动消极、有违原则的种子，收获的只能是苦果。

思维模式，决定了我们的人生。

两分钟驻足思考   面对半瓶水的时候，你会想"啊，还有半瓶水呢"，还是会想"唉，就剩半瓶水了"？

二 ┃ 这个有吗？这个可以有

我们的人生，往往会遇到一些"可有可无"的选择，比如：

· 大学时，有些学校规定只要通过学校的英语级别考试，就可以拿到毕业证。全国的英语四级证书，可有可无。

· 攻读在职研究生，只要学分攒够，就可以得到学校的结业证书。那个通过全国考试才能得到的研究生学位证书，可有可无。

· 有些参加过教练培训的同行，都有自己的工作和专业，可以谋生。那个攒够教练小时数可以申请的专业教练证书PCC，可有可无。

这些"可有可无"的选择有以下一些特点：

· 这个选择权在你手中，你可以自由决定，是有还是没有，没人强迫你。

· 可有可无意味着，至少在当下，做不做、有没有，对你的影响并不明显，并不紧急。

· 这个可有可无，如果选择有，去行动，去拥有，行动的结果大致在你的掌控内，不会比选择无花费更多的精力和资源。不考四级证，你也要学英语过学校的级别；不拿学位证，你也要上课拿学分换结业证；不拿 PCC，你可能也会做教练。有比没有，需要付出的只是踮起脚够那么一下下。

那么，对于这些"可有可无"的选择，怎么选择才算比较理性呢？我试着做了个模型分析一下：

"可有可无"事件的选择模型

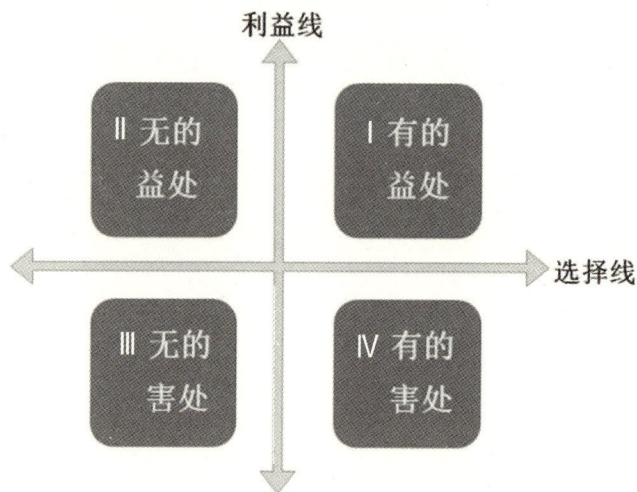

利益线

| Ⅱ 无的益处 | Ⅰ 有的益处 |

选择线

| Ⅲ 无的害处 | Ⅳ 有的害处 |

· 第二象限"无的益处"和第四象限"有的害处"不用着墨讨论，几乎为空。非要讨论的话，"无的益处"就是省下些考试的费用和时间吧。

· 有时候，我们的意识会局限在第三象限"无的害处"上，"为什么要啊？""没有的话，对我也没什么害处啊！"这种选择，是不愿意走出舒适区域的反应，是聚焦在现在、短视的行为。这点我感同身受，当年大学本科时读的是国际商务英语专业，大二考专业四级，我得了 59.5 分，没过。到大四报专业八级时（不过专四也可以直接考专八），因为当时是学校第一届英语专业学生，学校比较宽松，说不过级也可以给毕业证和学位证。我年轻冲动头脑一热，就差 0.5 也不让过四级，我不考八级了，反正可有可无，就直接放弃了报名资格，导致现在都不好意思跟人说我是英语专业的，因为嘛证没有。

·对这些"可有可无"的选择，我们需要聚焦在第一象限"有的益处"上。转换思维开关，从"为什么要呢"跳到"为什么不呢"，把焦点从现在拉远到未来，想象一下若干年以后，你因为具备了这些所带来的益处：入某行的门槛，持证的满足感，和别人谈起时的虚荣心，等等。"证到用时方恨少"啊。在读研究生时，我吸取了英语证书的教训，除了拿学校的学分，还加了把劲儿，通过了全国的两门考试，拿到了学位证书。那年，70 多位在职同学，包括我在内，只有三个人拿到了学位证书，到现在谈到这件事情，我还沾沾自喜。在面对那个"可有可无"的选择时，我聚焦在第一象限了。

所谓的可有可无，往往和人类与生俱来的惰性有关系。人们习惯安于现状，短视、被动，在舒适区域里打转，原地踏步。"为什么要呢""现在挺好啊，没啥影响啊"……

我们需要做的，是转换思维按钮，放眼未来，想想"为什么不呢"。积极地去突破舒适区域，挑战自己，踮起脚去够一够，英文叫

stretch ourselves。每天进步一点点，突破一下下，将可无化为可有，慢慢地就会超越昨天的我们，人生路会更加精彩。

两分钟驻足思考　你是否曾经感慨过：啊，要是当初我再加把劲儿，把那个什么什么证拿下来就好了！如果感慨过，不妨在以后面对这类选择的时候，参考一下我的"可有可无"选择模型。

三　你能掌控自己的人生吗

最近在上 LMI（美国领导管理发展中心）的 EPP（Effective Personal Productivity，有效的个人生产力）课程，班上有个来自上海的同学，很有趣。

这个课程每周都会留作业，要求学员跟踪自己的时间分配状况、设定每周的目标之类的。而每次上课回顾，他几乎都没有完成讲师布置的作业，给出的理由往往是"没有时间啊""我虽然没写下来，但是在思考啊"什么的。

上课的时候，他也几乎不发言。发言的时候也总是问这样的问题：你讲到时间管理要学会"说不"，可是我怎么可以对老板说不呢？你说要做重要的事，可是我每天都在救火，哪有时间做重要的事呢？

我喜欢分享，在课堂上经常会针对他的问题讲一些自己的看法，但我心里清楚，我的发言对他应该没有什么作用。因为，如果我看得不错的话，他是个"控制源"在外部的人，如果他不改变自己的思维模式，外部力量不会起什么作用。

朱利安·罗特在认知社会学习理论中声称，我们是否会采取某个行动，一方面取决于目标对个人的价值有多大，另一方面取决于对达到目标的可能性的预期。那么哪些因素决定了这个预期呢？罗特认为，人们的这些预期很大程度上取决于控制源，即我们对于自己是否能够控制生活中所发生的事件的信念。比如，如果你相信只要自己努力工作就会获得好绩效，那么你的控制源在内部；但是如果你相信绩效的好坏全靠运气，或取决于老板的偏好，那么你的控制源在外部。

控制源的内外之别会导致行为的差异，那些锻炼身体或存钱的人所具有的控制源在内部，而那些购买彩票或吸烟的人所具有的控制源在外部。控制源在内部的人，往往积极主动，愿意尝试改变；控制源在外部的人，往往消极，充满无力感，觉得一切都 out of control（不在掌控范围内）。

后来恰巧在朋友王小丹的博客上读到她写的《〈定位与经营〉课堂随笔》，她在其中写到：

成功的人和不成功的人在思考模式上有很大区别。

越是成功的人，小鬼越少，思考路径越短，决策力越强，学习力也越高。

遇到问题，成功的人的思考模式是：我想要什么？怎样达到？如何迈出第一步？

失败的人的思考模式是：为什么？我怎么这么倒霉？怎么找借口或逃避？

成功的人喜欢尝试，相信可能性，自我的对话模式是赋能模式。

失败的人多害怕梦想、害怕失败、害怕冲突、害怕不被认可，这样的结果是不敢尝试，不断自我消耗能量，于是没有办法修炼能力，也就不断进入一个恶性循环中。

人跟人之间，起点差别很小，终点差别巨大，原因在于方向的选择：是选择聚焦正向，不断行动，朝向自己想要的方向？

还是选择聚焦负向，不断评判，不断逃避？

两分钟驻足思考　你的控制源在内部，还是在外部？你能否掌控自己的人生？

四　人生，就是一场平衡的游戏

这几天写了两篇博文，讨论了"老师罚你孩子抄作业，你会怎么办"这个话题。在几个博友的脑力激荡下，一个表面上家长与老师如何互动的问题，上升到更高的层次：我们如何面对权威，如何处理冲突。

喜欢朋友"红尘作道场"的评论：人生最大的智慧在于平衡。借这篇文章，从三个维度，即我们自身、职场和人际沟通的角度，讨论一下平衡的艺术。

（一）自身

《伊索寓言》里讲过一个故事，一个农夫的鹅每天会下一个金蛋，贪婪的农夫把鹅杀了，想一下子取出好多金蛋，结果可想而知，鹅肚子里不但没有成形的蛋，鹅还死了。史蒂芬·柯维借这个故事引出产出 P（Production）与产能 PC（Production Capability）平衡的原则：我们不但今天要能有产出，即获得金蛋，也要养鹅，即保持未来不断获得产出的能力。为了保持产能，我们自身要在身体、心智、精神和社会／情感四个领域不断更新：

身体
锻炼 营养
休息 压力调节

社会/情感
情感账户存款
家庭/社会关系

心智
阅读 规划
写作 学习

精神
思考 旅行
欣赏 服务

　　我个人十分推崇在这四个领域不断更新并保持平衡的理念。这四个方面，就如同一把椅子的四条腿，有一条短，椅子就不会稳当；也如同汽车的四个轮子，有一个轮子瘪掉，跑起来就会颠簸，速度也不会快，最终也一定跑不远。

（二）职场

　　我们出差，一般都会带哪些东西？不外乎文件、资料、电脑等，这些是为了满足工作需要。还有证件、钱、衣物、药物等，为了出行方便和舒服，这是满足个人需要。

身处职场，如同出差，我们**一方面要完成工作目标，也就是工作需要；一方面也要注重人际关系，因为我们是人，不是工具，有情感的需要。**让员工开心些、舒服些，这至关重要。如图（这个图是我自己总结的，算作原创），在第二象限，只盯着目标，忽略大家的感受，绩效或许短期内不错，但必定怨声载道。在第四象限，人是开心了，你好我好大家好，一团和气，但目标无法达成，这就是个自由市场。第三象限，是缺乏团队精神的极致了，既无法完成任务，又伤害了人际关系。第一象限是我们的理想，目标完成，并且士气高涨。

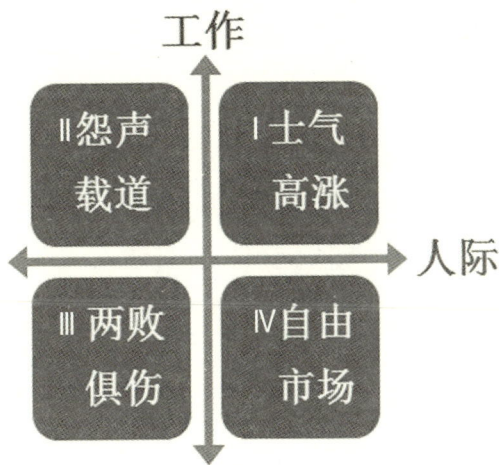

（三）人际沟通

与任何人互动，我们其实都在勇气和体谅间不断平衡。**勇气是表达和坚持自己主张的意愿和能力，体谅是理解对方立场的意愿和能力。**勇气高而体谅低，如象限二，是赢输模式，我有勇气捍卫自己的立场，而你的利益我不考虑。勇气低而体谅高，如象限四，是输赢模式，我很体谅对方，我的立场，就放弃吧。二者都低，如象限三，是双输模式，既不能正当表达自己的诉求，又不体恤对方的利益，我不好你也别想好。第一象限，勇气和体谅都高，我要捍卫自己的立场，也考虑你的利益，看看能不能找一个第三方案满足我们双方。你可以找一个与你关系比较近的人，评估一下和他互动时，你是勇气多些，还是体谅多些。

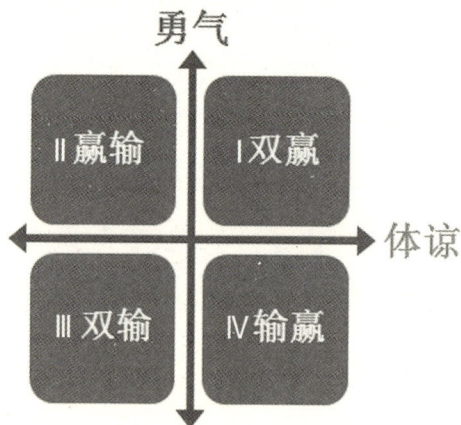

自身、职场、人际沟通相互交叉，又逐渐扩大。职场包含自身，人际沟通包含职场，之所以分开讨论，是为表达方便。

人很复杂，不能简单用模型来分析。关于平衡，有几点需要指出：

·**由于天生遗传、家庭培养方式、社会影响三方面的交互作用，每个人都不一样**。有的人面对权威和冲突，倾向于沉默；有的人则无畏地表达，捍卫自己的立场。

·**岁月会改变人**。有的人，年轻时狂放不羁、勇气有余，后来被岁月打磨得更加体谅。比如我，高中时候，因为校领导对班主任不公平，鼓动和带领同学罢了三天课，差点被开除。现在生活打磨掉了我的棱角，使我更平和柔软了。有的人，年少时体谅多，影响了自己的利益。生活教会了他争取，所以后来他的勇气更多了，倾向于捍卫和斗争。

·**我们追求的是长期的、系统的平衡**。自身领域，也许某段时间会偏重一个方面，但长期一定要平衡。职场也是，一段时间赶任务，忽略人际关系可以。但时间长了一定要关注人的感受，人都喜欢被nice（友好）地对待。我还没见过对他越严苛，他越开心的，除非是受虐狂。人际沟通更是这样，短时间或一次两次可以有输赢，长期一定要勇气与体谅兼顾，这样方能建立持久、深入的人际关系。

·**根据原则和期望的结果选择行为方式**。虽说人各不同，没有所谓最佳的方式，但每件事的确有最优解决办法。这个最优办法的选择，以原则和期望的结果为依据。**原则就是那些普世的、永恒的、客观的、无论你理解或尊重与否都在运行的法则，比如公平、正直、善良、诚信、产出与产能要平衡等，你违反了，就要受到惩罚。** 期望的结果是你想要什么，虽然不同方式都可能实现这些目标，但不同方式的副作用不同，我们要选择那些能实现目标但副作用可控的方式。甚至，如果副作用太严重，我们宁可降低目标。

人生，就是一场平衡的游戏。如同阴阳，如同寒热，不平衡就会紊乱，就会不调。

平衡了，才会幸福。

两分钟驻足思考　　你的自身、职场、人际沟通领域，都处于平衡状态吗？如果不平衡，你要采取的行动是什么？

五　千万别让这些职场心态害了你

在原来的公司时，负责招聘的同事小×曾经和生产部门的主管发生了一次不愉快。

原因是生产部门要填补一个空缺，怎么也找不到合适的人选。生产主管就质问小×，说HR（人力资源）的工作怎么干的，这么长时间也搞不定这个职位。小×一听就急了，说你们部门也有责任啊，按你提的要求，我们在市场上找不到人啊，符合条件的给这点工资人家也不来啊。

双方各执一词，最后小×甩下一句：得了，懒得跟你说，反正我招不来，你爱找谁招就找谁招去吧。双方不欢而散。

后来这事传到了HR总监那里，总监就责问小×。小×承认和生产主管发生了冲突，说了不该说的话，但同时振振有词地说：

第一，我觉得在这件事中我没有责任，我把该做的都做了。

第二，生产部门一向就这个德行。招人要求很高，又给不了多少工资。而且给你招人的时间很短，恨不得昨天提需求，今天就见到候选人。

第三，我当时态度是不太好。但在当时那种情况下，他对我也不太客气啊，我没有办法，只能那么对他。

怎么样，看到这里，小×说的这三点、这三种解释、这三种心态，身处职场的你，是否也都有，或者至少有一两种？

　　没错。这些心态分别被称为受害者心态、坏人心态和无助者心态，在职场和私人生活领域，十分普遍。

　　1. **受害者心态。这是一种当事情不如所愿、结果不理想时，认为自己一点责任也没有的心态**。我没错啊，我很无辜啊，我是受害者啊。这种心态的核心，就是忽略了自己在事件中的角色、应该承担的责任。拿小×来说，招不到人自己就真的没有责任吗？用人部门要求高，自己主动沟通过吗？双方不欢而散，自己在沟通时是不是态度也有问题？人们往往是这样，很容易看到别人的问题，却难以觉察到自己的责任，用那句歇后语说就是老鸹（乌鸦的俗称）落在猪身上，看到别人黑，看不到自己黑（当然，这个歇后语有个前提，就是那是一头黑猪，哈哈）。地铁上那些曾经被咸猪手性骚扰过的女士，总是理直气壮地骂人家流氓，"我可以露，但你不可以碰"。可你穿得那么清凉、那么简约、那么原始，连我这"道貌岸然"的人都垂涎欲滴、蠢蠢欲动，何况流氓啊。这是典型的忽略自己责任的思维模式。

　　2. **坏人心态。就是忽略别人的优点，放大别人的缺点，以偏概全，认为对方一向就这个德行**。小×觉得生产部门一直就那样，要求高，但给的时间短。其实这是一种贴标签的思维模式，如同我们认为的：文身的人都是流氓，90后员工都很难管，政府官员没有一个不贪的。如今社会，很可悲的是这种坏人心态十分盛行。深圳宝马肇事顶包案，不管公安机关怎么出示证据，大家就认定了是顶包。天津蓟县火灾，各种证据不断出现，说明确实就死了10个人，可大家就认定死了300多。这种思维模式十分有害，使我们无法冷静客观地独立思考。

3. **无助者心态。就是我没办法，没别的选择，当时只能那样。** 小 × 认为自己说了 "爱找谁招找谁招" 这样的话，以那种态度对同事，是在那种情况下，自己唯一的选择。生活中也是啊，当时吵架我是随手打了老婆，当时太生气了，没得选择。无助者心态，忽视了其他选择和做法的可能性。

写完了这三种心态，你会自然发现，它们都是消极的。既然消极，为什么人们还会有这些心态呢？为什么不直接放弃呢？那是因为，**这些心态在事情不顺遂或结果不好时，往往可以给你借口，让你感觉好受些，减轻你的负罪感。** 你看，小 × 说完上面的三点，就感觉轻松了，仿佛这次冲突自己一点责任也没有了。

我自己也深有体会：

2011 年 1 月，我去美国波士顿出差。Check in（登记入住）之后从酒店出来找地方吃晚饭。走到一个路口，看到街角有个两层的红色建筑，写着"上海楼"，看似是一家中国餐馆。我就在路口等着，想绿灯的时候过马路去这家餐馆。

就在这时，一个男人忽然走到我面前，用中文说 "大哥"。

我吓了一跳，你想，在美国波士顿的街头，忽然有人用中文喊你大哥。我下意识地说：啊？

那是个二十四五岁的中国小伙子，波士顿 1 月的傍晚，很冷，他就穿了件单薄的夹克，看上去挺累，挺可怜。他说：大哥，我是从附近的城市来的，到波士顿找一个老乡。可是没找到他，我想坐公交车回去，但没有钱了，你能给我几块钱吗？

如果一个中国人，在国外，朝你要几块钱买车票，你会有什么反应呢？

我当时的反应是，上下摸摸了口袋，然后说：不好意思，我身上没带钱。这时，绿灯亮了，我快步穿过马路，进了上海餐馆。

在餐厅里，我选了一个靠窗的座位，透过玻璃看着那个站在街角的中国老乡，心生愧疚。

按照我通常的原则，遇到这种情况，我是会帮助对方的。何况这还是在国外，中国人更应该帮助中国人了。再说我身上有钱，有很多钱，人民币这么坚挺，几美元对咱们也不算什么。可是，我没帮他。

这时，我就开始用上面的三种心态安慰和开解自己：嗯，我没帮他，但有原因啊。万一他是骗钱的呢，这种把戏在国内太流行了，看来也传到了国外（坏人心态）。再说，如果我真给他钱，万一我拿出钱包找零钱时，他一把把我的钱包抢跑怎么办？我出差的全部美元和信用卡都在里面，他抢了我，我人生地不熟的上哪里追他啊。到时我不就成了他，只能站在街边要钱了。所以，我当时不给他钱，是唯一选择，没办法（坏人和无助者心态）。

想到这些，我放松多了，内疚感消失殆尽，喊服务生来瓶青岛啤酒。

可让我意想不到的一幕出现了：那个中国老乡拦下了一个看似是学生的女孩，应该是也说了同样的话。那个姑娘转身从挎包里拿出钱包，从钱包里找出些钱，给了那个男人。

Nothing happened（什么都没发生）。那个男人也没抢那个女孩，看起来还说了声谢谢。

一时间我羞愧不已，如果那个看似是学生的女孩，家里不是大款，父母不是贪官污吏，我应该比她有钱。可她帮助了中国老乡，而我没有。我只能再次用以上三种心态开解和宽慰自己：我第一天来波士顿嘛，人生地不熟，那个女孩也许来了很久，自然觉得比较安全了。所以，我不帮忙也是可以理解的。这个无助者心态再次让我好受了些，安慰我一口干掉了一瓶啤酒。

看吧，这就是人们有这三种心态的原因——可以让你在做了不对的事情时，心里好过一点，负疚感减轻一点。

那么，我们在职场，还有人生，如何用更积极的心态来取代这些消极心态，从而取得更好的结果呢？

为此我提出，面对问题时，迅速地问自己两个教练问题来改变思维模式：第一，我要的是什么？第二，我现在可以做些什么，实现我想要的？

同时，我提出了一个 ACT 行动公式：第一步，承认自己的责任（admit your responsibility）；第二步，承诺去改变（commit to make changes）；第三步，采取行动（take actions）。

如果能把这两个教练问题和 ACT 公式结合运用，你应该就可以解决生活中的绝大部分问题了。

试举一例：

一天下班很累，我坐在沙发上看电视，老婆在厨房做饭。四岁的女儿跑过来，非要我跟她一起玩。我挺烦的，说你自己玩会儿。女儿不开心，噘着小嘴去找她妈。她妈在炒菜，也让她自己玩。结果她只能自己去画画了。

等饭做好了，我说闺女洗手吃饭，她就在那里一动不动。喊了几次，她还不动。我就说你马上去洗手，否则今天别吃饭了。女儿磨磨蹭蹭地去了洗手间，一边洗手一边哭，边哭边喊：你们谁也不陪我，你们谁也不爱我。

那天我很累，听到她哭，我就特别生气地喊：你马上给我洗完来吃饭，要不永远别吃饭了！

这时，女儿从洗手间跑出来，扑上来就打我，边打边哭边喊：你是个坏爸爸，你就是个坏爸爸！

我啪地把筷子拍在桌上，一把把她拎起来推到墙角：你还敢打我，就在这儿站着反省！

女儿在墙角边哭边反省，我气得也没了食欲，坐在沙发上喘粗气。

过了会儿，经常给人家讲沟通课的我，开始问自己这样一个问题：鹏程，你要的是什么？答案不言而喻，我要的是良好亲密的父女关系，我现在要的是一家人快乐地共进晚餐。第二个问题：鹏程，你现在可以做些什么，来实现你想要的？顷刻间，我意识到了刚才的做法有多恶劣，我也知道自己该做什么了。

我同时用 ACT 行动公式指导了自己的行为。我站起来，走到女儿身后，把她搂在怀里。我说：闺女，爸爸刚才做得不好，我承认对你的态度很恶劣。爸爸以后会改变对待你的方式，也会更多地陪你玩。来吧，擦擦眼泪，不哭了，我们一起吃饭。

听了我的话，女儿更大声地委屈地哭了一会儿，渐渐的，她的情绪好转起来，跟着我坐回桌边，一家人开始共进晚餐。

受害者心态、坏人心态、无助者心态，是职场和生活领域极其消极和害人的心态。我们需要改变自己的思维模式，更积极地看待问题和采取行动。

记住鹏程分享的改变思维模式的两个问题：第一，我要的是什么？第二，我现在可以做些什么，实现我想要的？

以及 ACT 行动公式：第一步，承认自己的责任；第二步，承诺去改变；第三步，采取行动。

如果你希望生活有所改变，就主动去做那个让改变发生的人！

两分钟驻足思考 ｜ 你有没有受害者心态、坏人心态和无助者心态？你所在的公司，最普遍的不良心态是哪种？

六　心可以飞翔，脚要植根于地上

周四，中午，上海，淮海中路上的"小城故事"台湾餐厅，目睹了一场两位大师的对话。作为第三者，收益颇多。

C，LMI 公司 EPP 课程讲授专家，辅导过的学员超过 600 人（该课程是小班授课，通常每期只有 8 ～ 12 名学员）。除了该课程，还给一些知名公司和机构做"魅力领导"培训，课酬不菲，是执行力培训方面的代表人物。

Z，情绪压力管理培训专家，心灵导师、教练，在身心灵修行方面造诣颇深。曾经出版过亲子关系方面的书，目前正在创作心灵自我疗愈主题的著作。

三个人一起吃饭，我坐一边，她们两个并肩坐我对面。这两位大师计划合作设计开发一个人员发展方面的教练体系。C 负责整体规划，Z 负责该体系教练工具的设计。两个人因为 Z 的迟到展开了一场对话，气氛有些紧张，但很坦诚。

EPP 课程很务实，强调执行，作为该课程的讲师，C 身体力行，非常目标导向，强调系统性。她认为 Z 不应该迟到，答应了约会时间就要守时。开发的这个教练体系，应该设定好一步步的行动方案，如同设计一个实体产品一样，在预期的时间完成。

Z 呢，为自己的迟到表达了歉意，解释说没把这个教练体系设计放在优先的事务里面，她所期望的合作关系，是相对松散的、自由有弹性的。目标太明确、期限很紧迫，她会有压力，感觉被控制和强迫。

两个人谈了很久，我作为朋友，在对面偶尔插科打诨，偶尔发表一下自己的看法。总体上我有一种强烈的感觉，就是：**身与心灵的不和谐、不匹配。**

人生的功课，无非是身心灵三个维度的修行。身指的是身体、物质、成就，心指心理，灵是灵性。

C是身修的典范，目标明确，一个成就一个成就不断地实现。身修是生命的基础设施，身修得好，也就取得了所谓的成功。而**只注重身修，忽略心灵成长的话，小我会常常跳出来作祟，人的格局，也就是心量、气量就不够大。格局，决定了人的气度和最终成就的大小。**

Z在心灵修行方面，已经走得很远。心灵修行，是生命的上层建筑，探索生命的意义。心灵修得好，人会自由、平静、喜悦、幸福。**心灵修行也是把双刃剑，如果忽略了修身，人往往会飘、会空。**

我认识一个女孩，在灵性修炼方面走得很远。每次和她交流，她的眼里都充满光芒，交流时谈到的词语都是宇宙、生命、空、无、大爱、解脱。而一转身，当她回归现实时，遇到的都是租房、煤水电、面包、男朋友这类俗事，她立刻从云端跌到了凡间，这种对比和反差让她很难受。

有一段时间没和她联系，前两天忽然有了消息：她和她的导师发起了一个建造心灵家园的活动，要在某个地方，修建一个独立的、桃花源般的世界。我不好直说，心里给了她祝福：你保重吧，你和你的导师，不定哪天，就会被以邪教的名义抓了。

人本主义心理学家马斯洛提出过"需要层次论"，在这个理论中，他把人的需要分为由下到上的生理需要、安全需要、社交需要（归属和爱的需要）、尊重需要和自我实现五个层次。他主张人只有满足了下面的需要，才能往更高的需要层次走。这个说法当然太绝对了，但普遍适用于人的发展。下面基本的生理、安全需要不满足，上面的需求绝对满足不好。

建议年轻的、还没有扎实修好身的朋友，别太早接触心灵修炼。现实的残酷，会击碎灵性的美好。太早的修为，可能会陷入虚空，与社会脱节。没有物质的滋养，修到最后，还不到有人供养的地步，就只能出家了。

说到最后，身心灵要三修，不偏不倚，以出世的心，做入世的事，这又返回老祖宗的中庸之道了。

让心灵和思想飞一会儿，双脚，还要踏实地植根在地上。

两分钟驻足思考　读过一些身心灵领域的书吗？如果没有，推荐阅读《当下的力量》《正见：佛陀的证悟》《幸福的方法》。

七 | 你的眼，要选择性地看世界

无巧不成书，刚刚写下这篇博文的题目，正思考如何行文时，在旁边翻看手机的老婆问：你上网看了吗？初一那天，秦皇岛有个人杀了三个人。

在网上读到这条新闻，你的心情会怎样？这条新闻对你的影响会是什么？

媒体的便捷、透明，会不会让现代人更快乐？

答案，很可能是否定的。

全民都在讨论这样的话题，比如，在马路上扶起跌倒的老人，会被讹诈。这样的讨论，会让社会更文明和谐吗？恰恰相反，善良朴实的助人风气，一定会在讨论中被渐渐扼杀。连我都在想，啊，原来社会变得这么坏了，扶别人还有被讹诈的风险……

再比如，经常有报道说后妈虐待了孩子。慢慢地，人们就会形成这样的意识：后妈没有好的，都是虐待孩子的。

再比如，对各类骗子的报道，会让人们觉得现在的社会，到处都是骗子，没人靠得住。

从心理学角度讲，这叫**替代性创伤，即当我们在了解他人所经历的灾难时，由于投注于那些创伤而会感到巨大的压力，即使悲剧里的受害者与你没有直接的联系。**

以前和父母生活在一起，晚上吃饭的时候，老妈总和我唠叨电视上的新闻：一个后妈把孩子推到井里淹死了；就因为一句口角，一个人把邻居一家五口全杀了；一个农民工，因为嫉妒老板的生活，把老板的双胞胎儿子绑架了，最后还撕票了……

说这些时，老太太往往感同身受，要么义愤填膺，要么悲戚同情。我会说：你又看中央 12 法制频道了吧？图啥呀，别总看那些负面的东西，多看看《星光大道》。一方面那都是草根明星，看了让人钦佩，给人激励；另一方面，老毕那是老年妇女之友，看了让人开心。

媒体带给人信息的便捷，但媒体往往更喜欢关注负面新闻，这样的新闻往往更抓眼球。比如，报道后妈虐待了孩子，肯定比报道一个后妈对孩子好更吸引人。而且媒体更喜欢煽情，而不是客观报道。这是媒体的罪恶，会给受众带来潜移默化的替代性创伤。

那么，如何不被媒体的罪恶影响，不受替代性创伤呢？提几条建议如下：

1. 学会选择新闻及获得新闻的渠道，尽量只接收积极正向的信息。当然，这并不容易，那些负面的标题往往更吸引你的注意力。

2. 微博加关注时，尽量加那些心态积极的朋友。那些牢骚满腹的微博，尽量不看也不听。前几天在北京参加一个培训，遇到一个朋友，他在培训中和我们分享了一个主题——正能量。他说他刚开始开微博的时候，加了好多名人，其中有些是以消极言论著称的。有一天，他老婆忽然和他说：老公，你以前挺积极一个人，怎么最近说话总是抱怨啊、指责啊。他忽然意识到，那些名人的消极言论，潜移默化地对他造成了影响。想到这个，他马上取消了对一些人的关注，把焦点放在那些传递积极正面信息的微博上面。用他的话说，那些微博传递的都是正能量。

　　3. 多读书，少上网。书的主题是我们可以控制和选择的。多去当当、卓越、京东等网站溜达溜达，从书名和网友的评价里，你可以判断哪些是好书。好书如静水深流，对人的影响无法估量。而网络上的信息太纷杂，乱花渐欲迷人眼，日积月累，不小心就乱了你的心。

　　4. 在一段时间里，不要收听或收看新闻。只要过上几天没有消息的日子，你就会觉得自己更健康、更高兴了，而且能够更好地掌控自己的生活。如今的人们，包括我在内，没有网络已经活不下去了。有一小时不用手机浏览一下微博，就浑身难受无所适从。先前看到一条微博，说人生乐事至少有 40 项：高卧、静坐、尝酒、试茶、阅书、临帖、对画、诵经、咏歌、鼓琴、焚香、莳花、候月、听雨、望云、瞻星、负暄、赏雪、看鸟、观鱼、漱泉、濯足、倚竹、抚松、远眺、俯瞰、散步、荡舟、游山、玩水、访古、寻幽、消寒、避暑、随缘、忘愁、慰亲、习业、为善、布施。不妨尝试慢下来，做做这些乐事，别让外界的信息继续轰炸我们。时不时地，我们要停下来，否则永远都在追寻，不知道自己失去了什么。偶尔要回头看看，我们的灵魂有没有追上我们的脚步。

　　5. 最后，也是最重要的可以快乐的途径：经常浏览我的博客或微博。这里，除了偶尔风花雪月、喃喃自语一下，大多数时候，分享的都会是积极正向的信息。我一直对自己书写的文字心存敬意，如果读者没有收获，我会选择不写。

两分钟驻足思考　你经常看的电视节目是什么？这些节目，会让你感受到正能量吗？

八　智慧，而不是辛劳地工作

　　在你的身边，会不会有这样两类同事：一类看起来非常从容，经常喝着咖啡，聊着天，似乎不费力气，就把工作都干了，而且老板还挺赏识。另一类，辛勤如小蜜蜂，嗡嗡嗡东一下西一下，一天到晚好像干了好多事，结果却什么重要的成就都没取得，也不招老板待见。

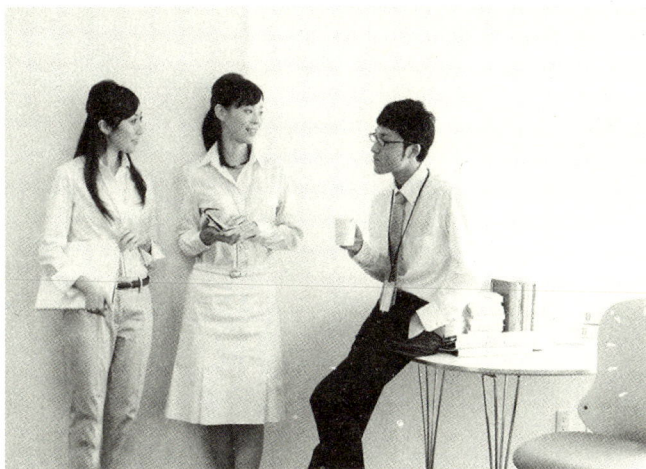

　　你呢，属于哪一类？是胜似闲庭信步，还是晕如没头苍蝇？当城市的夜晚燃起万家灯火，你是否还困在忙碌的世界，依然孤独地转个不停？

如今职场的口号是：**智慧，而不是辛劳地工作。**辛辛苦苦，付出更多的时间和精力，未必会取得更好的结果。而且，每天的时间就 24 小时，工作这边占多了，生活就投入少了，工作和生活不平衡，人就不会幸福。

那么，如何才能智慧而不是辛劳地工作呢？建议如下：

·**只干该干的**。别光低头拉车，更要抬头看路。忙——茫——盲，忙碌会导致茫然，茫然会导致盲目。找出工作最关键的内容，做高回报的活动，用 80% 的时间去做 20% 核心的工作，剩下的事糊弄糊弄就行，不求完美，只求完成。

·**专注**。专注是几乎所有成功人士共有的特质。手里在做某个项目，一定心无旁骛，在这段时间内其他事情通通放在一边。有人会质疑说，没有啊，我见过很多人，可以一边读书一边听音乐，一边工作一边上微博，两不耽误。心理学实验早就证明，这纯粹是鸡屁股拴绳儿——扯淡（蛋）。同时做两件事，次要的事一定会分散注意力，干扰重要事项的质量和进度。曾经结识卡内基训练的亚洲区负责人赵卜成，他的女儿以优异的成绩就读于哈佛大学，同时在一个摇滚乐队玩电吉他，学得好，玩得疯。赵先生专事培训，一次和女儿聊天，问她怎么能同时学好玩好。姑娘说：太简单了，就是专注啊。上课我会特别专心，不懂的下课立刻跑到讲台前问老师。放学后直接去乐队练习，再也不想学习的事了。专注，会保证你工作的高效。

· **注意存档。**第一次做好的任何东西，好好存档。未来再做同样的任务或类似的事，拿出原来的就可以直接用了。

· **模仿他人。**智慧工作的有效方式，也是我经常采用的方式，就是去借鉴他人的成功经验，模仿他人，尽情地模仿。记得刚到上一家公司阿尔斯通时，老板要求我给全体员工培训公司核心价值观，我就一头扎进去开始设计培训教材。煎熬了一个来月，弄的东西也没能让自己满意。一方面因为价值观这东西空洞乏味，不好设计出雅俗共赏的内容；另一方面我刚到公司，对四个核心价值观了解得浮皮潦草，自己都没吃透。焦头烂额之际，一天整理电脑文件，看到我前任留下的文件夹，那里已经有了他设计的价值观培训雏形！哎呀，这帮了我大忙，稍做调整，我就拿这个去讲课了，结果员工挺喜欢这个培训。这个世界上，你在做的事，前面已经不知道有多少人做过了。接到任务后，别急着埋头就干，问自己一个问题：这个事谁曾经做过，谁曾经用过某个方式做得很好。找到了优秀的榜样直接模仿，模仿之后再慢慢超越。优秀的榜样加上你的创新，就铸就了你的卓越。只有前人没做过的，你才需要自己劳心费神、绞尽脑汁。而这样的事，在这个世界上，少之又少。

·寻求帮助。勤学好问，是一个我很欣赏的成语。自己琢磨不明白的事，一定别再浪费时间了，谁是专家，就直接找谁请教。职场里的人，很多都不愿意向别人求助，一方面出于自卑怕显得技不如人，另一方面怕给别人添麻烦。但实用心理学告诉我们：让别人喜欢自己的有效方式之一，就是让他帮你的忙。帮过你的忙的人，会比以前更喜欢你。我觉得这可能出于人们与生俱来的救世主情结和自我价值肯定。寻求帮助，又能提高工作效率，又能让人喜欢，何乐而不为呢？

·不断学习和创新。如果你总是用同样的方法，做和过去同样的事情，你得到的也总是和过去一样的结果。所以我们要开放心态，永远对新的软件、新的工具、新的流程保持好奇，只要它们能提高工作效率。

智慧，"智"是"日知"，每天学习和了解一些知识；"慧"是两只手拿了一把扫帚在扫自己的心。

　　智慧，而不是辛劳地工作，是一种思维模式。如果这样看待工作，你就会有意识地去寻找智慧的方式和途径，成为智慧工作的人。

两分钟驻足思考　你在智慧地工作，还是辛劳地工作?

九　生命的不同，决定于八小时之外

一个朋友的博客上有篇文章说：八小时之内的工作，决定着我们的社会角色、职业地位……而八小时以外的生活，决定了我们将成为一个什么样的人。有个"三八"理论，是说人每天的时间可分为八小时工作、八小时睡眠、八小时自由安排。**八小时之内决定现在，八小时之外决定未来，人与人的区别就在于八小时之外如何运用。**

十分认同这句话：人与人的区别就在于八小时之外如何运用。和一些大学生以及年轻的朋友交流职业生涯规划时，总喜欢把下面这两个和尚挑水吃的故事分享给他们：

从前，有两座山，分别住着一个和尚。山间有一条河，两个和尚都要在这条河里挑水以供生活之需。

每天的生活好像是提前编排好的一样：清早下山，挑水回寺，念经诵佛，安然入睡。日复一日，两个和尚也彼此熟悉了，每日清早都会隔河相呼，振臂相问。

日子总是平淡的，时间就这样过去了五年。五年中，两个和尚天天如此生活。

直到有一天清早，一个和尚发现另一个没有来挑水。面对突然变化的情景，这个和尚有些不适应：他担心，另外那个和尚是不是生病了？还是出了什么事情？还是还俗了？

　　这日，他无法静心，挑完水回到自己的寺庙，收拾了一下，就往对面的山上走去。

　　到达对面山上寺庙的时候，已经是傍晚。这时，他看到另外那个和尚正在看书，完全没有一丝异样。他很诧异，问他为何几日没去挑水。另一个和尚笑笑，领着他往寺庙后山走去。

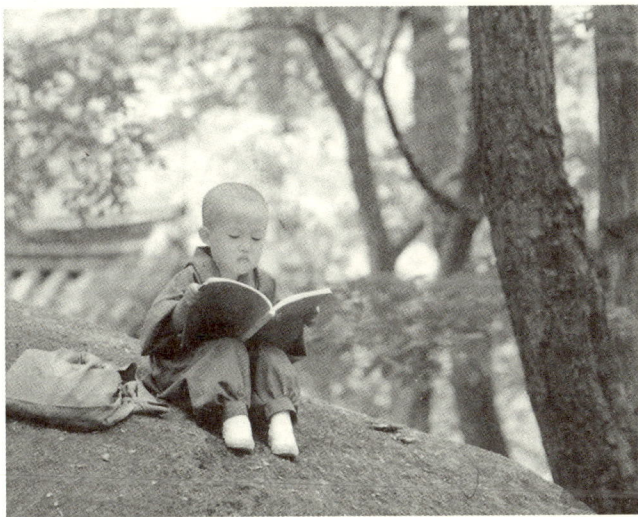

　　看着眼前的景象，他大吃一惊，原来那个和尚竟在这后山掘出了一口井！尽管那个和尚每日和他一样挑水，但对方每天回来后都会挖井，因为相信这后山是有水源的，是能掘出水来的。

　　五年光阴，这个和尚果然得了一口井，不用再辛辛苦苦去挑水了。

　　挑水，就如同我们八小时以内的工作，喜欢与否，谁都无法避免，谁都要完成。如果你不喜欢挑水那怎么办呢？那八小时以外的时间如何利用就十分关键了。你，在偷偷地掘井吗？

如今在中国，各个领域有所成就的人很多都是当年的知青。他们最初大都是在农村实践、不甘平庸、不安于现状的一小拨，白天下地干活儿，夜晚挑灯苦读，抓住机会考进了大学，彻底改变了命运。

一个公务员朋友，工作挺清闲。同事们打牌、聊天、看报的时间，他都用来读书，后来考取了研究生，在部门里成了学历最高的人。

我自己在工作的前两年，做的是质量体系控制（ISO9000），很不喜欢这份工作。经过思考，决定转行做人力资源，于是私下里看了很多人事方面的书，积累了必要的知识。当终于有机会转到人事部门时，偷学的知识立马管用了，很快就适应了新的岗位。

……

现状，是由无数的选择影响而成的。我们现在过的日子，是由三年前的选择决定的；你现在的选择，也会决定你三年后过什么样的生活。

所以，要认真审视一下：我们在如何打发八小时之外的时间。必要的休闲娱乐之外，你的时间是不是都花在有助于未来生活走向的事情上了？iPad控、手机控、游戏控、微博控，都是在浪费生命。除非，你控的内容和未来想要的生活有关系。

如果我们重复做同样的事情，就只能收获同样的结果。如果想要不同的结果，就必须改变我们的行为。

想想自己要什么，从八小时之外开始吧，去偷偷地掘井。

生命的不同，决定于八小时之外！

两分钟驻足思考　　八小时之外，你都在做什么？你做的那些，是否有助于你未来的生活？

十　成功人士的三个特质，你都具备吗

最近在学习一个教练方面的课程，其中谈及成功人士应该具备哪些特质。这个课程总结说，通常一个人要取得所谓的成功，需要有三个特质：**主动积极、持之以恒、目标明确**。结合以前给一家银行做过的人力资源咨询项目，来谈一谈这些特质。

（一）主动积极

我把这个特质理解为**主动踏上改变和成功之路**。态度决定一切，在《高效能人士的七个习惯》里，史蒂芬·柯维也把积极主动放在了七个习惯之首。我曾给一家银行做人才库项目，即选拔有潜力的员工组成人才库，这个项目前期包括面试和无领导小组讨论两个环节。面试里得分高的，一定是那些乐观积极、工作中愿意主动改变现状采取行动的人。稳健踏实的按部就班者，最多能得到中等分数，更别提那些没什么想法得过且过的候选人了。无领导小组讨论中得到较高评价的，也是那些愿意表达观点，并努力协调他人来达成团队目标的人。偶尔参与一下的选手只能被定义成旁观者。在一条微博上看到过这样一段话："员工分为三种：自燃物、易燃物、不燃物。'自燃物'不用点，自己会燃烧，代表主动学习。'易燃物'就是旁边有火，他就会燃烧起来，就是周遭有学习的氛围，他就会跟

着学习；再有就是'不燃物'，你再怎么燃烧，他都不会燃。所以当企业在挑选员工的时候，要看他本身有没有学习的热情。"那种主动积极、不须扬鞭自奋蹄的员工，一定是最被欣赏和看重的。

（二）持之以恒

我把这个特质理解为**能够坚持走在改变和通往成功的路上**。近来读《津巴多普通心理学》时看到一句话很受启发：**几乎在任何领域，无论是雕塑，演奏乐器，做个工程师，或培训师，任何的职业，你都需要付出大约 10 年的努力，才能做到游刃有余、得心应手**。持之以恒地做某件事，对这件事葆有持之以恒的兴趣，想不成功都难。

这些年，在学习上我最佩服的一个人，就是我大学时的一个同学。我本科是英文专业，记得大一结束时，我全班排名第 6，而那个女生排名第 13。可到了大二结束，我滑到了倒数前几名，这个女生综合成绩已经全班第一了，而且，她的口语流利程度超过了我们全部的老师。她是怎么做到的呢？无他，持之以恒耳。每天早上，这个同学六点准时出现在操场上，戴着耳机，边听边读，风雨无阻。这样坚持下来，大二时她就是全班第一了。我呢，一看这招灵，某天开始也早上六点去操场学习，坚持了两天，某天天气不好，睁眼看看，算了吧，今天不去了。第二天，天还不好，算了，再等等吧。就这样，三分钟热血，五分钟凝结，再也没去读过。等到了大四，这个女同学被学校推荐到北外学同声传译，毕业后去了外交部，成为我们那拨同学里，我认为最有出息的。

（三）目标明确

这个特质更简单了，目标是成功之路的终点。这个教练课程给成功下了一个被广泛认可的定义：成功就是逐步实现那些有价值的、事先设定的目标。没有目标，你常常茫然四顾，而且无法衡量自己是否成功。在银行面试中，我们问候选人，如果有机会，你下一步想做哪个岗位。很多人会回答，这个看组织安排了，安排哪个岗位我就做哪个岗位。我愿意给，但你不知道要什么，我就没法儿给了。可以预见的是，目标不明确的人群中的大部分，不太会取得我们世俗意义上的成功。有句话说得好，如果你有能力取得你想得到的进步但没有取得，这是因为你的目标定义得还不够明确。

在和一些年轻朋友聊天时，大部分都有这个困惑：我不知道自己想要什么，所以看不到方向、看不到目标。其实，这很正常，人生最难回答的两个问题，一个是"我是谁"，另一个就是"我要什么"，很多人琢磨一辈子，临死都还没有明确答案。

对这些年轻朋友，我有两个建议：第一，用一些职业生涯工具，对自己进行全面的测量和了解。比如行为风格分析的 MBTI、DISC，再比如职业类型的霍兰德测试。这些工具可以帮助你进一步认识自己。第二，大胆地去尝试。生活中有太多的人，做着的工作不爱，但爱做什么又不知道，就开始怨天尤人、牢骚满腹了。不妨在保证饭碗的同时，多去尝试些不同的领域，东闯闯，西撞撞，说不定目标就明确了，就知道自己爱做啥了。做爱做的事，才是人生幸事啊。只抱怨，不行动，那属于等死模式。

两分钟驻足思考　主动积极、持之以恒、目标明确，这三个成功人士的特质，你具备了几个？

第二章
态度胜于能力

把 每 一 天 ， 当 作 梦 想 的 练 习

一 做由内而外打破的蛋

微博上流行一句话：鸡蛋，从外打破，是食物；从内打破，是生命。人生，从外打破，是压力；从内打破，是成长。

你呢？你是想做从外被迫打破，还是从内主动打破的蛋？

做培训的时候，经常会听到学员的抱怨：公司没有良好的激励体制，干多干少一个样，干好干坏一个样；领导不授权，我即使有好的想法也没法儿实现；我是想干事，可其他人不支持啊，大家都在混日子……

听到这些，我通常会建议：第一，先停止抱怨。总是牢骚满腹的人，很让人讨厌。工作，要么反抗，要么享受。在这里不爽，你大可以走人。没地儿可去，就老老实实待着，别叽叽歪歪。第二，问问自己可以做些什么来改变。大家都在混日子，我干吗要改变呢？你当然要主动改变，人生短暂，你消磨虚度不起啊！我能干，但公司对不起我，我为什么要给这家公司干？你当然要干，因为你不是给公司干，你是给自己干！

一个木匠，盖了一辈子房子。实在干不动了，找老板说，我要退休了。老板说好，你再帮我盖最后一幢房子吧。木匠心里有气，我都要退休了，你还让我给你卖命。所以盖这幢房子时，他马马虎虎、对付对付，工期缩水，材料用得也不好，质量把关也不严。完工后，他把房子钥匙给老板：房子盖好了，我可以退休了吧。老板把钥匙退还给他：这幢房子是我送给你的，感谢你帮我干了这么多年。木匠无以言表，咬着牙痛悔：早知道这房子是给我盖的，我就好好干了。

是的，我们做的工作，不是给公司干的，也不是给老板干的，而是给自己干的！

我们可以通过工作换取收入，积累经验，建立声名。我们每个人的今天，都是在为自己的明天做准备！你今天拥有的日子，是你过去行为的结果；你今天怎么做，直接决定了明天你将过怎样的生活。

所以，无论环境如何，我们都要积极主动去改变。没有公司和老板的授权和激励，我们就自我授权和激励。自我授权和激励，可以从以下几个方面着手：

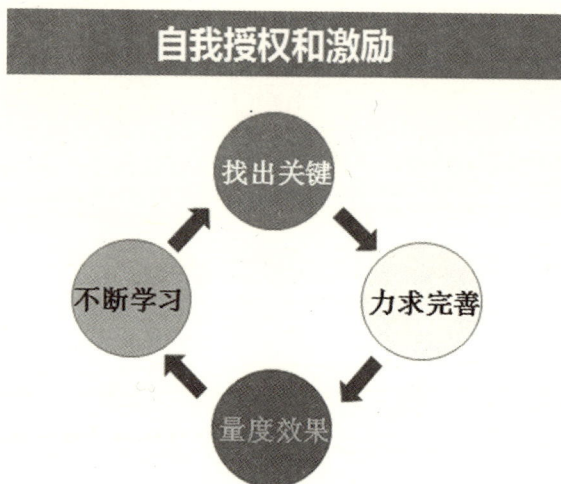

1. 找出关键。 这是行动的第一步，也就是知道在我们的手上，哪些工作是关键的，公司和老板以及客户关注的是什么。根据 80/20 法则，我们负责的工作，可能只有 20% 的工作内容是核心，是重要的，是老板特别关注的，其他 80% 都是次要的。我们需要投入 80% 的时间和精力去干那 20% 的事，而且要干好。再用 20% 的时间和精力去干那次要的 80%，不求最好，只求完成。那怎么确定哪些工作是关键的呢？每年年初和老板一起制订新一年的目标，是最佳的方式。

2. 力求完善。 关键找到了，下一步就是想方设法干好这些事了。我们需要不断地问自己：这件事可不可以干得更好？有哪些方式可以帮助我干得更好？这是最好的方法吗？能省却一些中间步骤吗？这些问题，能够让我们脱离旧有的工作方式和习惯的限制，不是过去怎么干某件事，现在就一定还要那么干，否则，创新从哪儿来呢？寻找新的途径和方法，多快好省地干好那些关键工作，就叫力求完善。

3. 量度效果。所有重要的工作，都需要数据来考量。呈现给别人的时候，数据最有说服力。有了数据，自己也心中有底，清楚做得怎么样了。所有工作，包括服务类、支持类的，都可以用数字衡量效果。我们可以通过内外部顾客的满意程度、利润和成本、生产效率、时间、品质水平等指标来做评估。

4. 不断学习。朱熹有诗云：问渠那得清如许，为有源头活水来。流水不腐、户枢不蠹，不断学习、持续改进，是自我成长的不二法则。我们可以通过尝试新事物、参加技能培训、继续教育、读书、交往良师益友等方式提升自己，这样才能变得不可替代，也不怕被替代。**如果你今年还在用同样的方式，做着与去年同样的工作，那你的今年就白过了！**因循守旧、原地踏步的人，看着别人不断进取，只能遥望其华丽的背影，望尘莫及、黯然叹息。

找出关键、力求完善、量度效果、不断学习，这四个自我授权和激励的方式，如同我们经常提到的 PDCA 模式（Plan，Do，Check，Action）一样，不断循环，永无休止。

鸡蛋，从外打破，是食物；从内打破，是生命。人生，从外打破，是压力；从内打破，是成长。

就让我们，无论环境如何、老板如何，主动积极自我激励，做一只由内而外打破的蛋吧!

　　两分钟驻足思考　你是一只由内而外打破的蛋，还是一只由外而内打破的蛋?

　　(注：该文自我授权和激励的四个方式，核心思想来自美国 DDI 公司的"自我授权"培训课程，致谢！)

二　用"个人使命宣言"规划你的人生

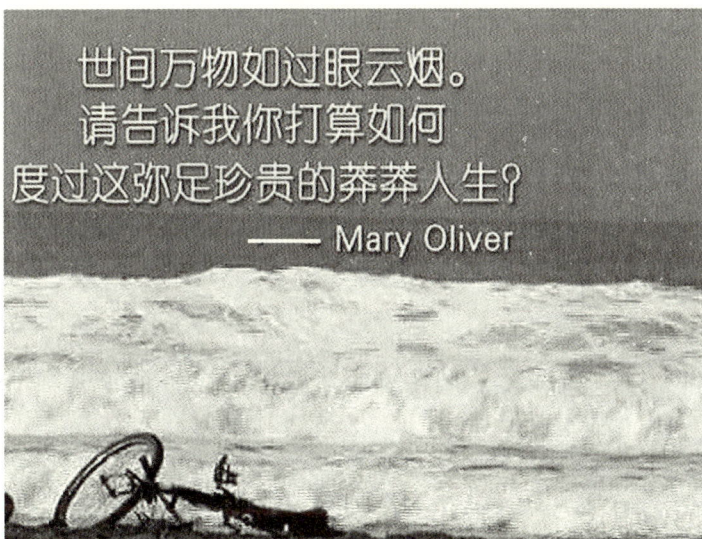

世间万物如过眼云烟。
请告诉我你打算如何
度过这弥足珍贵的莽莽人生？
—— Mary Oliver

人为什么活着？

在一期《非诚勿扰》节目里，一位中国农大的校友，面对给他留灯的谢羽亿（挺受欢迎的一个姑娘，好多男的专程为她而来）和另一位女孩，以及他上场时选的心动女生，问出了这个问题。

三个女生依次回答之后，这位自己创业种植水果玉米、照顾失明发小儿的兄弟，因为没有听到满意的答案，哪个姑娘也没带走，自己主动离开了现场。

其实，在一个公众场合，问出这种价值观层面的问题，有欠扁之嫌，当时现场观众对此也有些嗤之以鼻。不过，这样的问题，我们也经常会遇到。据说，中国最有哲学思想的人是小区保安，他们对陌生人会问：你是谁啊，你从哪儿来，你要到哪儿去？

你是谁，你从哪儿来，你要到哪儿去，这三个哲学终极问题，可以简单归结为一个问题：人为什么活着？

如果有人这样问你，你可能会觉得对方有病，问这种无数先贤把脑袋琢磨成葛优也没有定论和一致答案的问题。我们可以觉得这种问题可笑，可是作为有灵魂、有思想的人，我们自己倒应该深入地思考一下，我为什么活着？或者，我更愿意把这个问题改为：我该怎样活着？因为父精母血生了咱，没有选择不活着的权利。该怎样把这个长度有限的生命，活得更精彩、更有意义，活出无限的宽度，值得好好考虑。

燕子在天空掠过，翅膀将划出飞行的痕迹；人在世上活过，脚步将串起生命的轨迹。当你作别西天的云彩，不，当你作别云彩去西天，你希望身后的人，对你做何评价？你希望留下怎样的传承？世间万物如过眼云烟，你打算如何度过这弥足珍贵的莽莽人生？

2002 年，我的同事袁芳将《高效能人士的七个习惯》推荐给我，书里提到了"个人使命宣言"（Personal Mission Statement）这个概念。在这个宣言里，你可以写下自己最深的渴望、人生目标、什么对你最重要、你想过怎样的生活、想做出怎样的贡献。它就如同你人生的宪法，既是做出重大决定的基础，又是跌宕起伏人生的指路明灯。

　　"个人使命宣言"可以是任何形式的，如诗歌、图画等，亦可长可短，只要反映你的心声，明确意义和方向。它也不是一蹴而就一夜间完成的，可以随着你的年龄和境况不断改写。

　　下面是我从 2002 年第一次起草，经过无数次修改直到现在的样子，一直指导我人生的"个人使命宣言"：

　　我的价值观——圆融、无期许的爱。

　　使命、准则、目标构成我的"个人使命宣言"。

　　使命就是墓志铭——做一个对他人能够产生正向积极影响的人。

　　准则是我完成使命矢志不渝的立场。

　　目标就是使命的细化，就是要完成的事。

　　　使命——做一个对他人能够产生正向积极影响的人。

　　　准则——我矢志不渝的立场，用以衡量我行为的准则。

1. 无论做什么，都要发乎心。

2. 看重大方向，不在意细枝末节。

3. 不断学习，以开放的态度面对一切。

4. 维持生命各方面的平衡。

5. 尽力帮助周围有需要的人。

6. 与人分享。

目标——我要完成的事：

家庭方面

1. 关怀父母，使他们晚年安乐。
2. 爱妻子，让她幸福，不让她觉得嫁给我是个错误。
3. 引导孩子，成为她乐于倾心交流的朋友。
4. 女儿 10 岁以前平均每周要花 10 小时和她在一起。
5. 规划晚年，不成为孩子的负担。

工作方面

1. 提供帮助和指导，帮助他人完成职业生涯规划。
2. 成为他人乐于共处的同事。

社会角色

1. 保护环境，尽可能减少浪费。
2. 帮助需要帮助的人。

自我

1. 每周至少锻炼两次，享受运动的快感。
2. 坚持阅读，每周阅读一本书。

3. 每天学点英语。

4. 每年做一次远途旅行，欣赏世间风物与美景。

5. 坚持学习。每年至少学习一门新课题或一项运动，或开拓一个新领域，或学会一门新技艺。

6. 每周独处静思一小时，追求内心世界的祥和与宁静。

"个人使命宣言"不是写给别人看的，它是你自己的一面镜子。里面写的可能不会完全做到，或阶段性稍有懈怠，时不时拿出宣言揽镜自照，就知道哪些方面做得不错，哪些方面得加强了，因为宣言指明了方向。

宣言的形式长短可以不拘一格，但我个人的体会是，有一点必须做到，那就是具体。没有具体的行动指南，那些大而空的口号毫无意义。

人生如一辆没有刹车的车子，谁也没有办法让它停下来。我们唯一能做的，就是调整方向盘，让这辆人生之车，驶向我们想去的方向。

人生最恐怖的，不是跑不到终点，而是你不知道终点在哪里。就用"个人使命宣言"，来规划那个想去的方向吧。

两分钟驻足思考　你有自己的"个人使命宣言"了吗？没有的话，计划何时书写一份呢？

三 问问自己，现在，我可以做什么

美国总部请了一个外部机构给中国区的经理们做培训，我坐在教室后面做 observer（观察者）。

主题是比较大的 Strategic Thinking（战略思考），讲师来自新加坡，水平很一般。到了下午，学员们无精打采，昏昏欲睡。休息的时候，我看不过去，到前面带领大家做了两个五禽戏动作，伸展伸展。

我下来后，作为学员的中国区销售总监 Paul Liang 大声说：Winter，你的动作做错了，不应该那样做。我有点小尴尬，说：我是从网上下的视频，刚开始学。

培训结束后，Paul 跑到我的办公室说：Winter，当时我不应该那么说，不好意思让你尴尬了。我说：没事没事，我的确刚开始学。Paul 说：我曾经拜过五禽戏师傅虞定海，跟你分享一下那两个动作该怎么做，你现在还只是形似。然后，这个清华毕业的、又高又瘦的销售总监，就在我的办公室教起了五禽戏。他打得确实好，在他的分享下，我觉得这东西自学还真不行，真得找师傅。后来，他又从我那儿拿了个 U 盘，说回头给我拷些八段锦、五禽戏的东西。

晚上，我请上海 HR（人事）和 Legal（法律）的同事吃饭，又接到了 Paul 的电话。他问我，有没有今天的培训公司那个讲师助理的手机号。我笑说：干吗，要跟美女搭讪？Paul 说：不，不，今天的培训做得不太好，我想给她一些反馈，否则明天还这样讲的话，大家两天的时间就浪费了。

挂了 Paul 的电话，作为中国区培训发展经理的我，稍稍有些自惭形秽：我觉得培训一般，但没想到收集一下大家的意见给讲师反馈。而 Paul 这样做了！

初次见面，他分享五禽戏的热情、他给讲师反馈的积极主动，给我留下了深刻的印象。这样的人要是不成功，那就怪了！

影响圈：我们能够直接影响和控制的事。
关注圈：我们所关心的事。

在《高效能人士的七个习惯》一书中，史蒂芬·柯维提到了影响圈和关注圈的概念。我们每个人都有个影响圈——我们能够直接影响和控制的事，比如我们的态度、行为；也有个关注圈——我们可以关注但施加不了影响的事，比如天气、经济、他人的一些想法、老板的一些事。一个主动积极的人，会将时间和精力放在影响圈里，看看自己可以做什么。消极的人，会把时间和精力放在关注圈里，抱怨环境的限制和他人的不足，忽视自己的责任。就 Paul 而言，培训师的水平和备课情况是关注圈的事，他影响不了。但他没有如大家一样抱怨抱怨就算了，而是主动给老师反馈，让老师可以讲得更好，这个行为是他影响圈里的事。

关注影响圈的人有个习惯，就是在事情不顺遂的时候，不抱怨不指责，常常问自己：现在，我可以做什么来得到想要的结果？

回想起我在第一家公司的一位同事，我俩一起加入公司做管理培训生，他常常抱怨总经理不喜欢他，公司环境也不好。

他上班的时候，常常一边开着 Excel，一边开着个小窗口看古龙小说。一个下午，他看着屏幕，手按着鼠标就睡着了。总经理正巧路过，拍拍他的肩：睡得不舒服吧？用我给你搬张床来吗？

这位同事是典型的没做好影响圈里的事——好好工作，却抱怨别人和外界因素。而集中精力做好能控制的事，影响圈会越来越大，影响力也会越来越强。

生活中亦是如此。当年最火的一届"超级女声"比赛后，一天我下班回家，老婆坐在沙发上看起来很不开心。我说怎么了，她回道：你说气不气人，我们家春春到上海演出，一下飞机就被别人打了！

原来李宇春去上海演出，歌迷太热情，她一下飞机，大家就去拥抱。结果媒体乱报道，说李宇春被打了，这让我老婆这些"玉米"（李宇春的粉丝）很受伤。

我跟老婆说：唉，亲爱的，你们家春春，那是你关注圈的事，你关注关注就行了，你影响不了，别让她影响了你的心情。你能控制和影响的是什么你知道吗？是今晚给我炒什么菜！

身处职场，如何胜出？就是在事情不顺遂时，不抱怨，不放弃，问问自己：现在，我可以做什么来得到想要的结果？

　　行文至此，电视里传来播音员义正词严的声音：在黄岩岛问题上，中国政府一贯立场明确，涉及主权问题，我们决不让步！

　　我狠狠地敲击了一下键盘：小小菲律宾，这么猖狂！别那么多废话，打呀！

　　忽然醒悟：打不打菲律宾，以我现在的状况，那是关注圈里的事，我基本控制和影响不了。

　　我能控制的是什么呢？嗯，写好这篇文章，让读到的人有所收获。

两分钟驻足思考 你的时间和精力，大部分放在了影响圈还是关注圈？

四 职业生涯，你到底要什么

米开朗琪罗，创造了这件经典作品：大卫。因为作品太过逼真写实，我在关键部位加了马赛克。

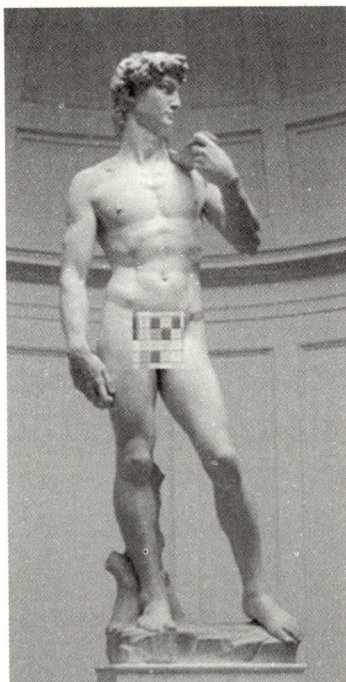

有人曾经问米开朗琪罗：先生，你是怎么创造出大卫这个作

品的？

　　米开朗琪罗略做沉思：其实很简单。站在采石场，端详那块大石头时，我已经看到了大卫站在石头里。我的工作就是把周围那些多余的石头凿掉，然后大卫就站出来了，那就是我想要的。

　　职业生涯和米先生创作雕塑一样，最重要的，就是知道你要什么。知道要什么是前提，怎么得到自己想要的，只是路径和时间问题而已。

　　2004 年的一天，我在天津，接到了顺驰集团人力资源主管的电话：王先生，我们已经决定录用你了，职位是行政主管，如果算上加班，薪水大约在每个月 8000。

　　顺驰是一家民营房地产公司，几年后因为资金链断裂破产，被一家香港公司收购了。但在 2004 年的时候，业绩相当牛，员工薪水也很高，很多年轻人趋之若鹜。我是在一个猎头推荐下参加面试的，一个行政主管的职位，那一天竟然有八九个候选人到场。顺驰人力资源负责面试的人也牛气哄哄，先让我们做一些测试题，比如下水道井盖为什么是圆的之类的，我个人觉得很无聊。然后才是一对一面试，过程中，面试官咄咄逼人，让一向温和的我很不舒服。

　　接到录用确认的电话，我回答说：好，您给我两天时间考虑，两天后我给您答复。

　　我确实需要些时间考虑考虑。

　　那时我在第一家公司做培训主管，毕业四年，薪水只有 2000多一点。8000 和 2000 相比，这个差距太具有诱惑力了！而且2002 年我买了房子，当时每个月要还 800 多的贷款。

没有第一时间同意，是因为有三个顾虑：第一，这个工作转换，偏离了我的职业轨道。那时我很喜欢自己手里的培训工作，甚至想一辈子做下去，而顺驰给的职位是行政主管。第二，我在外企，顺驰是民营企业，文化差异可能让我受不了。而且，做久了 HR 的人都知道，外企和民营之间，有一个天然潜在的壁垒——跳到民营，再想转回外企，就不那么容易了。第三，我的性格可能适应不了顺驰的压力和节奏。顺驰薪水是高，但大都是通过加班换来的。据说他们经常开会到夜里十点十一点的，周末也难得休息，把女的当男的使，把男的当驴使。而我追求的理想工作境界是从容，有工作，也要有自己的生活。

可顺驰开出的薪水，对于那时的我来说，真是没有理由拒绝，谁跟钱有仇啊？

是坚守职业路径，还是选择更高的薪水？一时间，我十分挣扎。

去，还是不去，这是个问题。

那两天，我真难受啊，嘴起泡，尿黄尿，牙疼，睡不着觉。后来，我根本不考虑外企和民企、文化和压力这些因素了，人是很贱的动物，在哪个环境都会慢慢适应。抉择的焦点就集中于：喜欢的工作和钱，我该选哪一个？

两天，我无心工作；两夜，我辗转难眠。两天两夜后，我给顺驰回了电话：谢谢，我不去了。

我放弃了顺驰的高薪，留在公司继续做培训。直到 2005 年 6 月，跳槽到第二家公司，也就是阿尔斯通，做培训主管。

在阿尔斯通做了五年，其间我曾经拒绝过几份 offer（录用通知）。其中记忆比较深刻的职位是飞思卡尔的 HR Partner（人力资源业务伙伴），工资给到了 18K（千）每个月，远远超过了我的薪水。

2011 年 1 月，我离开阿尔斯通时，很有意思。我走的半年前，我的老板、HRD（人力资源总监）Susan 已经调往中国总部任职。而我的同级、刚刚加入公司一年左右的 Helen 做了 Susan 的接班人，升任 HRD，做了我的老板。

我离职时，一些关系比较近的经理和我说：我们知道你早晚会走的，按理说，应该是你接 HRD 的位置啊，你在公司干了五年，Helen 才来一年。

我一般是笑着回答：Helen 比我更合适。而且我走，跟没有接上班没有关系。

是的，我几乎没想过离开培训发展这个领域，去做全面的 HR，去做 HR 经理或总监，去接 Susan 的班。不是不能做，而是做培训，我更 enjoy（享受），这样传道授业解惑的工作更适合我，更能发挥我的优势。

老板 Susan 很专业，也了解我，所以他从来（我猜测）没把我当作他的 successor（接班人）培养，更敬业、更坚韧、更勤奋的 Helen 确实比我适合。即使不是 Helen，也会是其他人，反正不会是我。

现在在这家美国公司，我继续做着培训与员工发展工作——我最喜欢的职业。

如果用 1 ~ 10 分来评估职业喜爱度的话，我对培训发展工作的喜欢程度可以评 10 分。对全面的 HR 管理的职位——HR 经理、HR 总监，喜爱度也就是 5 分。尽管这些职位比我的职位听起来更响亮、更高级。

职业生涯，最重要的是找出自己要什么。一开始就知道最好，起初不知道也没关系，可以去尝试、去探索。

找到要什么是前提，怎么实现，只是路径和时间问题。

薪水、别人的观点和期望，都是外在因素。

寻找时，要向内心发掘。

米开朗琪罗说：我已经看到了大卫站在石头里。我的工作就是把周围那些多余的石头凿掉，然后大卫就站出来了，那就是我想要的。

职业生涯，你要的是什么？找到了想要的，你才容易下判断，容易做选择。

然后，你所清楚预见的、热切渴望的、全心全意努力争取的，都会自然而然地实现。

两分钟驻足思考　你最想做的职业是什么？

五　职业生涯，"Y"下面那一竖，谁也逃不掉

一位年轻朋友发了条微博：I hate the seniority（我讨厌论资排辈）！

我跟了条评论：When you are young and junior, you hate it; when you are old and senior, maybe you will like it.（少不经事时，你讨厌；资历较深、地位较高时，或许你就会喜欢了。）

现在这些能享受资历和辈分带来的福祉的人，当年或许也如这位朋友般愤慨过。经过多年的磨砺，人家熬啊熬，终于熬成了阿香婆，凭什么到你这里，你就不按规律出牌，不按辈分说事儿了呢？

万事皆有规律，职场亦如此。你凭什么不排着，你爸是李刚啊，你是太阳啊？

在上一家公司时，我曾经负责大学生培养项目。这些孩子经过一年的车间轮岗实习后，我们 HR 会和他们做次面谈。其中会有这个问题：你的未来，想走管理路线，还是专业技术路线？

问这个问题，主要是基于职业发展的 Y 字模型：经过一定的经验积累，人们在职业领域可以走向不同的两条路线，如同 Y 上面的两个小枝丫，一条通向管理，一条通向专业技术。

被问到路线选择时，我记得大部分学生都倾向于选前者，要做管理人员。没有太多的人愿意继续留在生产一线磨砺，而是恨不得立刻调到管理部门，到管理岗位去管人。

关于职业发展的Y字模型，想特别说明如下两点：

·没有所谓的管理部门，只有管理岗位。管理和专业技术两个分支，主要是按工作内容和时间分配多少定义的。管理人员一般用职位区分，职员、主管、经理、总监等等。专业技术人员一般用职称定义，一级工程师、二级工程师到高级工程师等等。没有所谓的管理部门，人事部门的招聘专员、薪资专员等，都算专业人员。我自己的职位是中国区培训发展经理，听起来是个管理职位，其实不带人，不做太多管理工作，更多的是讲课，所以我实质上是专业人员、专业培训师。项目管理部

门的项目工程师，也是专业人员。而生产等部门的主管等都是
管理岗位。

·**管理和专业技术两个分支，没有优劣，看你更适合哪条
路线**。中国一直有官本位思想的余毒，念了很多年书，人们不
管在什么环境里，大多有喜欢当官的倾向，所以很多人都奔管
理岗位奋斗。但兴趣和特质是王道，领导是天生的还是后天培
养的，这个问题一直存在争议。我的观点是天生的因素影响更
大，所以不是每个人都适合做管理岗位。我对自己的分析是，
觉得更适合做培训这个专业工作，不适合管人。幸运的是，如
今的社会对专业技术人员越来越重视了，高级工程师的收入完
全可以和一般的经理相媲美了。

哦，有点跑题，关于职业发展的Y字模型，我要表达的最重要
的观点是：**无论走哪根枝丫，管理还是专业技术，Y下面这一竖，
这个沉淀和积累的过程，谁都逃不过。没有这个过程，上面的两个
枝丫就无从谈起。**

刚毕业那年，我的职场体验十分灰暗。那是一家生产混凝土的
澳大利亚公司，我作为管理培训生在生产部门轮岗实习。作为充满
浪漫主义情怀的文科生，我想象的职场是男士西装革履、女士衣香
鬓影，错落有致的格子间飘着咖啡的香醇。而现实是，混凝土搅拌
站里，机器轰鸣，车声隆隆，空气里弥漫的都是水泥粉尘。

我的工作和工人一样，坐在操作台上操作电脑配混凝土，或者
拿着铁锨铲沙子。理想和现实的差距，如此残酷。

很多次，下午的时候，我偷偷溜出去，躺在离厂区不远的沙堆上，望着蓝天发呆：这就是我要的生活吗？我为什么会在这里，过着这样的日子？我怎么着也是大学毕业啊，为什么在这儿和中专毕业的人干同样的体力活儿？

好在那时，有日记为伴，我每天都在日记里写这样的话给自己打气：现在的日子，是成长的必经之路。你现在的体验，未来必定是一笔财富。如果现在挺过去了，将来还有什么困难能打败你呢？所以，鹏程，要挺住！

三四个月的样子，我慢慢地从情绪的低谷爬出，成功地调整了自己的心态，真的就把自己当操作工了。和他们干一样的活儿，吃一样的饭，穿一样脏脏的衣服，下班一起打牌喝酒吃羊肉串。很快，我直接当工人顶班了。

一年半之后，生产经理已经完全接受和认可了我。他找我谈话说：我以为文科生的你，熬不了多久就得走。没想到你能挺过来。你好好干，如果机会合适，未来我可以考虑让你试试分厂负责人的位置。

后来因为别的机缘，我调离了生产，最终做了培训。这个世界，也就少了一个生产负责人，多了一个培训师。但回首整个职业生涯，开始的一年半是我收获最多的时光：我真正地了解了生产，了解了工人；吃了很多的苦，才懂得了后来生活的甜；经历了磨难，也就铸成了坚强的意志和强大的心。

一位年轻人来到禅师面前，抱怨自己总是得不到别人的认可和赏识。禅师听后抓起一把沙子，松手让沙子落在沙滩上说：请把我刚才撒落的沙子捡起来。年轻人回道：这怎么可能？禅师随后掏出一颗珍珠扔下：请把珍珠捡起来。年轻人轻而易举就找到了珍珠。禅师说：明白了吗？如果想得到别人的认可和赏识，你首先得是颗珍珠！

论资排辈是职场潜规则。如果想不被潜，想不按辈分、资历说事儿，你就必须如珍珠般足够闪亮、足够优秀，方能不走寻常路，脱颖而出。

不幸的是，我们大都是资质平常的一般人，普通如一粒沙。那么，职业生涯Y字这一竖，谁都逃不掉。

这一竖，就是那段我们最恨论资排辈的煎熬经历，就是我们满腔热忱准备大干一场其实又干不了啥的过程，就是黎明到来前最黑暗的时光。

　　我们能做的，就是调整自己的心态，不去期望一步登天一口吃成个胖子，坚韧隐忍，不急不躁，在磨难中自我激励，尽快将自己砥砺成闪亮的珍珠。

两分钟驻足思考　你想做管理，还是想做专业技术？

六　职业生涯，有爱大胆说出来

在公司里面讲课，还有做校园演讲的时候，经常会有同事和同学问我这样一个问题：你大学的专业是商务英语，那是怎么开始做培训这个职业的？

这是个 long story（说来话长）。我的经历和经验说明：当你知道自己想做什么职业，并且擅长做什么工作时，要勇敢地提出来，要努力去争取。职业生涯，有爱要大胆说出来！

2000 年我大学毕业，到天津一家澳大利亚公司做管理培训生。经过一年的轮岗实习，我被安排负责 ISO9000 质量体系。又过了大约一年，被提升为质量体系主管。之后不久，我发觉自己不喜欢这个工作，就开始迷茫了，也开始花很多时间思考这个问题：我到底喜欢什么工作，这辈子到底要干什么？

当时还不懂职业生涯规划这回事，完全凭着直觉闷头儿纠结。很幸运的是，答案慢慢地明了：我要做人力资源工作，最好是去做培训。

于是我开始阅读 HR 方面的书籍，做知识储备，同时留心公司 HR 方面的职位空缺。我很清楚在社会上不容易找到类似的工作，因为我没这方面的经验。开始人力资源方面工作的最佳途径，就是通过内部调动，在公司里打入人事部门！

皇天不负有心人，在我起了要去 HR 的念头大约半年后，人事部门做薪资的同事 Emily 离职了。我知道，这是我最好的机会了！

一天下班后，看同事们大都离开了，我直接进了公司中方副总经理尹总的办公室。我在公司工作了两年多，尹总是比较喜欢我的一位领导。接下来的这段对话，改变了我的一生。

我：尹总，我想找您说点事。

尹总：哦，鹏程，什么事？

我：您应该知道 Emily 辞职了，人事正好出来个空缺，我想去 HR。

尹总：你去 HR 做什么，做薪资？

我：我知道自己不太适合做薪资。不过，我很喜欢做 HR。现在那边只有薪资的空缺，您只要帮我进去就好。我先从薪资做起，未来能做什么，我自己来努力。

尹总：我看你做不了薪资，做培训还行。

我：能直接做上培训当然更好，可是现在只有薪资的空缺。我能进 HR 就行，慢慢地再想办法转去培训。尹总，您给我五到八年时间，我一定会在 HR 方面干出点样子来。

尹总：嗬，还挺有信心。鹏程，你知道我的事吗？如果你知道了，这个时间来找我就不太合适了。（当时公司由合资转独资，中方不参与高层管理了，作为副总的尹总还有一周就要离开公司。）

我：我当然知道，您还有一周就要走了。我来找您，是因为我知道在这家公司，您最欣赏我，也只有您能帮我。

尹总：行，这样吧，你先回去，我帮你努努力，我是觉得你更适合做培训。但基于我要走的现状，我不能承诺你。

接下来的一周，我心情忐忑，如坐针毡。我的位置就在尹总办公室外面。一周内，我听见尹总和人事总监吵了三次。我能理解人事总监的困境：当时有一位同事，也是我很好的朋友 Sophie 在负责培训。人家干得好好的，尹总非让我去接手人家的工作，那 Sophie 怎么办呢？

那个星期五下午，也就是尹总在我们公司的最后一天，他把我叫进了办公室。下面这段对话已经过去了八九年，但我仍然清晰记得。

尹总：鹏程，来坐。下周一，你去人事报到。

我：啊！太好了！谢谢尹总！

尹总：知道过去做什么吗？

我：做什么都行！您只要让我过去就行。

尹总：你去做培训主管。

我：啊！不会吧，这个，我没期望那么多！

尹总：你现在是质量体系主管，过去了怎么也得做主管，我不能再让你从职员做起。

我：这真的超出我的期望了，谢谢您！

尹总：不用谢我，你得谢你自己。这次你之所以能过去，主要靠三点。第一，你知道自己要什么。那天你来找我谈，说自己就想做 HR，而且说给你些时间一定能做成。当时你非常自信，我没见过一个刚毕业两年的人，能够对自己的未来那么清楚和坚定。第二，你靠自己过往的成绩，证明了你未来在这个职位上能做好。你第一年在生产实习，生产经理最后对你很满意。后来负责质量体系，做得也很不错。所以，你今天能得到自己想做的工作，不是我给的，是你用过往的成绩换来的。第三，你对这件事的分寸把握得很好。你向我提出了要求，但没过分地削尖了脑袋往里钻。其实公司里想去 HR 的不只你一个，有人还给我送了东西。这让我很反感，你的火候把握得好。

就这样，我去 HR 做了培训主管，我的朋友 Sophie 转去做招聘，公司又招了个新人做薪资。（Sophie 不久后离开了公司，中间换了两份工作，后来做到了美标的 HR 经理。幸运的是，我俩现在还是很好的朋友。）

这，就是我怎样从一个英语专业的学生，走上培训这条道路的全部过程。我常常觉得自己幸运，比较早地锚定了职业方向，同时遇到了给我助力的贵人。

通过我的经历，我想和大家分享：职业生涯选择，如同恋爱一样，少整那些月朦胧鸟朦胧、爱你在心口难开的事。喜欢对方，就大胆表达。观众喜欢《那些年，我们一起追的女孩》的清新和含蓄，当事人咽下的是一世擦肩而过的遗憾和失落。

当你知道自己想做什么职业，并且擅长做什么工作时，要勇敢地提出来，要努力去争取。职业生涯，有爱要大胆说出来！

两分钟驻足思考　你愿意勇敢追逐自己想干的事情吗？

（注：这篇文章的目的绝不是自我吹嘘，培训师这个职业并没什么了不起的。我很喜欢这个职业，写下这篇文章是和读者分享，知道自己喜欢做什么的时候，如何大胆去争取。）

七 跳槽时，职位比薪水更重要

　　用香皂很认真地把手洗了又洗之后，我把老爸递过来的三枚铜钱捧在手里，虔诚地朝手心吹了口气，松开手，三枚铜钱落在地板上，或蹦或滚，最后尘埃落定。

　　老爸低头弯腰依次捡起铜钱，在本子上画了个 × ○ ×。我很紧张地问：这叉叉圈圈是什么意思？我这次跳槽能成吗？

　　老爸说：别着急啊，得扔三次呢。× 和○代表铜钱的反正面。

　　我很听话地接过铜钱，又捧着，吹气，松手，铜钱或蹦或滚，尘埃又落定了。

　　我乖乖地在旁边坐着，看着算命先生老爸在纸上画着 ×× ○○，他偶尔把右手大拇指在其他四指的关节上点来点去，嘴里念着乾坎艮震。

　　那天是 2005 年 5 月 3 日，我刚刚从法国公司阿尔斯通面试回来。这家公司有点怪，五一放假不按国家规定那样串休。

　　对这个世界五百强公司，我十分向往，所以吃完晚饭就缠着老爸给我占一卦。老爸在天津大悲禅院附近的算卦一条街开了个门脸儿，以算命为生。但以前我从没找他算过命，一是因为沐浴党恩长大的我，根本不信他这封建残余。二是老爸十分有职业操守，秉持着算命先生轻易不给自己至亲算卦的原则。原因是，算出的结果是好的还好，算出的结果不好，连算命先生心里都堵得慌。

　　我是上午到阿尔斯通面试的。先是见了 HRD Susan，聊得挺愉快。Susan 随后把我引荐给总经理 Anders，和 Anders 谈得也算愉快。从公司出来后，我对成功拿到这个职位还是比较有信心的。

　　唯一的问题是，Susan 和我谈时，说这个职位是 Training Specialist（培训专员）。而面试前，猎头口口声声和我说的是 Training Supervisor（培训主管）。后来在 HR 领域干久了，我才知道这是猎头惯用的伎俩，用高职位把你忽悠去面试，主要是让公司感到猎头在努力，不断地能找到人来面试。

　　面试出来，我还在公交车上，猎头的电话就打过来了。先是问了我的感觉，我说还 OK。唯一的问题是职位，我在现在的公司是培训主管，不想降级，不是主管，我不打算接受。

下午猎头打来电话，说阿尔斯通对我印象还不错，想录用我，薪水可以 double（双倍），但职位是 Training Specialist。我回复说不行，薪水我满意，但职位如果不是主管，我就不去了。我现在是主管，也有信心胜任阿尔斯通主管的位置，虽然它是世界五百强。

不久，猎头又打来电话，说公司可以把职位改为 Senior Training Specialist（高级培训专员）。我说不行，再高级也是专员，我想要的是主管。猎头说，你可以以专员的职位先进去啊，干得好自然可以升为主管。我说，时不我待，我不想再倒回去重走一遍专员到主管的历程了。

猎头说，公司那边可以再给涨些薪水，但职位只能这样了。我说，薪水我不太在意，title（职衔）一定要是主管。猎头说，好，那就先这样吧，我们再等等看。

猎头说的等等看，通常的意思是说，我们再见见其他候选人。

我跟猎头说得挺坚定，但心里也发毛，因为我以前有过坚持要职位而没成的经历。2011 年，锦湖轮胎打来电话，说要找个做培训的，我们聊得挺热闹。最后谈到职位，他们的 HRD 说只能给专员，但薪水可以大幅提升。我拒绝了，说职位如果不是主管，我就不去。结果，双方一拍两散。

算命先生老爸在纸上画来画去，忽然，把笔在纸上重重一点，说道：好！

我说：怎么样？

老爸说：成了！

我说：真的吗？准吗？

老爸说：应该准。这卦象显示你最近要有变化，要有大的变动。

我略略心安，但对算命这种事还是心存疑虑。

5月6日，我接到猎头的电话，公司那边接受了我的条件：薪水double，职位是培训主管。

如同老爸算的，果然成了！

我以主管的身份加入了阿尔斯通，又用了大约三年，成了那家公司当时最年轻的经理。

我的体验是：跳槽时，职位往往比薪水更重要，更多地关注薪水，是相对短视的行为。

因为第一，职位呈台阶式分布，通常要一步步往上跨。我进去时如果只是专员，下一步提升也不过是提为主管。而进去是主管，下一步自然就提到经理了。

第二，低职位高薪水只是暂时的假象，专员薪水再高，最后也干不过主管。因为每个职位都有个薪资宽带，比如，专员从2000到5000，主管从4500到8000，中间的交集部分，会偶尔造成高级专员拿的薪水比低级主管还高的现象，但那只是暂时的，把时间稍稍拉长，专员再怎么也超不过主管。

第三，职位越高，享受的其他福利越多。比如分红、培训机会等，这些往往是隐性的，不体现在薪资里。

所以，想要有所发展的职场中人，尤其是25到30岁的人，跳槽时要慎重，职位往往比薪水更重要。

别被暂时多出来的那两三千块钱吸引和迷惑，要更多地争取职位。

　　这样，会给你的发展提供一个加速度。这个加速度，很快会把你的薪水补回来。

两分钟驻足思考　　跳槽时，你更看重职位，还是更看重薪水？

八 关于你人生的重要决定，你往往不在场

曾经写过一篇博文《老师罚你孩子抄作业，你会怎么办？》，在小范围内得到了关注。文章起源于一位朋友的微博。她说：女儿考试没写名字，老师惩罚她写一百遍自己的名字。我打电话给老师说，可以给她一些别的任务，让她记住这次教训，但最好是有意义的任务。打完电话，就让孩子不用写那一百遍名字了。老师不高兴了，取消了他们小组的成绩，记0分，中国的教育真让人头疼呀。

我在那篇博客里（http://blog.sina.com.cn /s/ blog _4468cad50 1012mqx.html）探讨了该如何面对老师罚孩子抄作业的行为，怎样才是最佳的处理方式。我觉得朋友给老师打电话的方式值得商榷：第一，老师从此不喜欢这个孩子和家长了。这很有可能，从老师接到电话就取消孩子小组的成绩看，他的心胸和度量着实有限。我们都知道老师喜欢孩子与否，对孩子的成长有多大影响。第二，孩子的逆商得不到培养。逆商就是AQ（Adversity Quotient），指人们面对逆境时的反应方式、摆脱困境和克服困难的能力。

后来，这个朋友在博客里留言说：事实上，后来老师也没对孩子有什么太大的不同。这句话推动我的思考迈向更高的层次，我们不妨把时间拉得更长来深入讨论：

1. 老师没对孩子有大的不同，也许是老师一向就不怎么样，后面还是那样，所以家长和孩子没感觉到不同。

2. 没有太大的不同，也许是没遇到重要事情的考验吧。比如你的孩子和另一个孩子争三好学生，又比如你的孩子和其他孩子竞争保送名额，再比如你的孩子被分到好班还是差班在两可之间时，你觉得，老师会怎么做呢？

发挥一下我们的想象力，应该不难回答这个问题。

这里有一个任何人都不能忽略的现实：关于我们人生的重要决定，我们往往不在场。比如，关于孩子的一些决定，不是简单地用成绩衡量时，大部分就是老师讨论决定的，我们家长根本无法参与。想象一下，如果一群老师在评定学生，恰巧那个老师在场，她会说什么呢？而她的发言，很可能决定了孩子的命运。

职场何尝不是如此？提升你还是提升你的同级，让你负责某个项目还是让你同事负责，你能有机会曝光还是同侪能露脸，大都是领导关起门来讨论决定的，你根本不在场。而某位领导的一句话，往往决定了你平步青云，抑或原地踏步。

我们不在场，无法发挥影响力。那么能发挥的只有场外了。一是把自己做好，无可挑剔；二是维护好人际关系，关键时刻，没人替你说好话，至少不能让人说你的坏话。

史蒂芬·柯维在《高效能人士的七个习惯》里提到一个情感账户（EBA，Emotional Bank Account）的概念，如图：

情感账户：是对关系中信任含量的一种比喻。存款能建立和修复信任。提款将毁坏和消弱信任。

存款行为	提款行为
先尝试理解别人。 善意、礼貌、尊重。 信守诺言。 尊重不在场的人。 关怀。 道歉。 提供反馈。 原谅。	自以为是。 恶意、粗鲁、不敬。 言而无信。 不忠诚，背后乱说。 漠视。 骄傲自大。 没有反馈或评价。 嫉恨。

很简单，在人际互动中，我们要多些存款行为，尽量避免提款行为。冲突和对抗，短期内可能会解决问题，是速成的方式，长期看，我们对某人的情感账户会出现负数。

这个负值的账户，风平浪静时还好，面对考验时就要呈现后果了。出来混，总是要还的。

关于这个情感账户，还有三点重要体会和大家分享：

·**发你的光，没必要吹灭别人的蜡烛。**在职场里，你可以把自己的工作做得闪亮，但没必要贬低别人的贡献，或者非要泼脏水搞臭了谁，通过把别人踩在脚下，彰显你的出类拔萃。你的同侪个个优秀，大家互抬互爱，整个团队才能上升到更大的平台。

·**送人玫瑰，手留余香。**有机会帮助别人，不要吝惜。职场同事和你待在一起的时间，或许比家人都要多。对这些比家人还要家人的人，时常要伸出温暖的手，关怀和帮助他们。或许同事的尊重是一个人能获得的最大荣誉了。

· 心态的"态"，就是"心"再"大"一"点"。通用电气的传奇 CEO 杰克·韦尔奇在遴选接班人的时候，选择了包括后来继任的伊梅尔特在内的三个候选人。这三个人很早就知道自己入选了接班人计划，但没有为了 CEO 的位置互相攻击和拆台，而是在负责各自事业部的同时互相支持和捧场，一起把通用电气做强。后来伊梅尔特继任，另外两位候选人到其他公司做了 CEO。有时候，我们不能做到相互支持，不能做到双赢，是因为我们目光太短浅了，视野太狭窄了，认为盘子里的蛋糕就这么多，你吃了，我就没了，你多了，我就少了。如果我们能把视野放宽一些，把心再放大一点，就会发现，资源是无限的，只要具备了相应的能力，在哪里都会活出传奇。

我们不提倡用冲突、对立的形式来解决问题，争一时长短。深入、持久、高效能的关系，才是我们期望的结果。

别忘了，关于你人生的重要决定，你往往不在场。

两分钟驻足思考　找一个职场或生活里对你很重要的人，评估一下你俩的情感账户里，你的存款是正值还是负值。如果是负值，可以做些什么来修复你的账户，使之平衡呢？

九 坐在前排

读这篇文章之前，请先参与一个调查：参加会议走进会议室，如果有很多空座位，你是会选择坐在前排离主席台近的地方，还是走到后面，选择一个不为人注意的角落？

再参与一个调查：参加会议需要大家发言的时候，你是会踊跃地先发言，还是等大家轮着发言，轮到自己没有办法了才敷衍地说几句？

虽然无法得到全面的数据，但我想，很多人对这两个问题的答案会是后者。因为从心理学角度讲，坐在会议室的后排或角落，开会时后发言，这符合人心理上的"舒适区域"（comfort zone）这个概念。在这个区域里面，人做着旧的事情，按照旧有的习惯行事，会感觉安全、放松、舒服。突破这个区域，被迫接受新的事物，改变以往的行为方式，人就会感觉难受。

不过，如果一直在"舒适区域"里工作或生活，不愿意突破和改变，不愿意迎接挑战，温水煮青蛙，久而久之，人就会变得懈怠，没有工作激情，也没有办法挖掘和释放自己的潜能。

那么，参加活动坐在前排，开会时先发言，突破自己的舒适区域，有什么好处呢？

第一，让你聚焦于当下。很多时候，我们参加了一个培训，或者参加一个会议，坐得离主席台太远的话，往往容易溜号，很容易就开始做些与会议无关的事情，发发短信啊，刷刷微博啊，在本子上无聊地画来画去啊。这些事情都会使你远离会议和培训的主题，让你来了等于没来。而坐在前面，因为离主持人比较近，可以保证你全身心聚焦在当下，让自己有参与感，而不是坐在后面的疏离感。当然，如果你真心不想来参加，乐得坐在后面发发呆，想想自己的事，往后躲躲也可以。但如果那样，你还不如不来呢，何必在这里浪费时间。

第二，得到会议主持者的注意。因为坐在前面，方便和主持者互动。另外，主动发言的话，会吸引主持者的注意。在职场上，永远不要等到别人把你的想法说出来，要做那个主动提出自己主张的人。人云亦云，鹦鹉学舌，那你的价值和独特性何在？一般来说，人们都不太有独创的想法，那就看谁先说话了，谁先说，谁就会引起注意。坐在前面，先发言，都会给别人留下主动积极的印象。主动积极，是职场最受别人欣赏的品质。

第三，也是最重要的，你在不断超越自己，不断把昨天的自己甩在身后。如果一点点突破自己的舒适区域，你就会发现，哎呀，这个事，我能做啊，哎呀，那个事，原来我也可以啊。可是，之前我以为自己不行啊。慢慢的，你能做的事越来越多；慢慢的，你的舒适区域越来越大；慢慢的，你越来越自信；慢慢的，你的内心越来越强大。记得去年，美国老板问我的意见，打算派我去韩国，给韩国同事用英文做两天培训。当时我特别忐忑，这个任务真的很有挑战性。但想想这真是个绝佳的突破自我的机会，我决定接下来这个任务。后来培训很成功，结束后，在后面旁听了两天的美国老板给了我一个大大的拥抱。今年又去香港，给全球 Sales（销售）最大的脑袋们，包括 Sales 的 VP（副总裁），讲了一天课，也很成功。

这两次经历完全突破了我的舒适区域，极大地增强了我的信心。现在，我对给任何国家的人、任何级别的人讲课，都充满自信了，小意思。我的舒适区域越来越大。

前些天，还在和朋友探讨，领导是天生的，还是后天习得的。或者说，是因为你本身优秀，才让你承担更多的职责，还是因为承担了更多的职责，才把你打造得更加优秀。

这些讨论没有答案。但可以肯定的是，优秀的人，一定是那些积极主动的、愿意突破自己舒适区域的人。他们不怕失败，乐于尝试，愿意担当更多职责，慢慢地，做了更多的事情，能做的事情也越来越多，他们越发优秀。这是良性循环。

而那些懦弱的、保守的、待在舒适区域不愿出来的人，往往只能重复昨天的故事。而因为只做能做的事，加深了他们只能做这些事的想法，使得他们更没有勇气去突破和尝试，只好躲在角落，哀怨自怜，继续待在所谓的舒适区域里了。这是恶性循环。

所以，建议大家从现在开始，走出舒适区域。在开会的时候，坐在前排，积极地和会议组织者互动；讨论的时候，踊跃地先发言，别等着最后敷衍说"我同意刚才某某的观点"；工作的时候，勇于接受新的任务，挑战一成不变的工作方式。正如很流行的一本书的名字一样——《拆掉思维里的墙》（古典著），突破那些既有的条条框框的限制。

突破舒适区域，开始的时候，你会感觉很难受，很不习惯。但坚持下来，你将在同事中间树立积极主动的工作形象，因为乐于表达和陈述观点，也将慢慢增强影响力。而不断挑战自我，突破现有的工作范畴，你将充分释放自己的潜能，能够做越来越多的事情，体会到不断成长和进步的成就感，不断把昨天的自己抛在身后。

所以，下次开会，让我们前排见。

两分钟驻足思考　你更倾向于和习惯于做哪些事情？愿不愿意去挑战和突破自己，尝试一下新鲜的事物？

十 | 正能量

最近在摸索一件事情，但一直没敢尝试。

那就是在微博上取消对一些同事和朋友的关注。

没敢尝试是因为，一旦取消了，如果微博提示了对方，说我取消了关注，他们会不会不开心。

真是不知道微博这个技术方面的问题——取消关注对方，会不会让对方知道。或者有没有一个功能，可以悄悄取消关注？就是明明取消了，对方还不知道，还以为我们依然是粉丝。

近来取消了对一些所谓名人的关注，是因为他们的微博传递的都是负能量。每天不是抱怨社会，就是抨击政府，或者聚焦和转发的都是阴暗面，都是让你看了心情会郁闷的信息。

取消对名人的关注，人家也无所谓多一个少一个我这样的粉丝，社会上认同他们观点的人有得是。而取消对传递负能量的同事和朋友的关注，就不能不有所顾虑了。其实，我手写我口，我口说我心。最初就知道，一向消极负面的一些同事和朋友，微博上不会给你力量，所以一直不主动加这样的人。可是，对方主动加了你，大家又相互熟悉，碍于面子礼尚往来，也就回加了。这一加不要紧，想再取消就不容易了。

现在想想，加这样的人，还不如多加点女孩的微博。她们经常发点家长里短针头线脑的信息，比如我在这里，比如我要睡了，比如我刚吃了什么，虽然没什么营养，但生活气息浓郁，至少不会让你心情灰暗。偶尔还配点可爱的照片，活灵活现，活色生香，让人愉悦。

　　最近很流行"正能量"这个词，前思科中国区总裁林正刚也出了本职场励志书，名字就叫《正能量》。林正刚总结了职业经理人成功的公式，这个公式由三个要素，即"心态""沟通""知识"组成，三者之间是一个相乘关系，如果其中一个元素接近零，那总数就会接近零。他认为在这个公式中，心态是最重要的。他认同"正面思考"这个词，人可以选择性地接受正面思考，也可以选择性地传播负面思考。正面思考的人，带给周围人的是阳光、是力量。负面思考的人，带给周围人的是黑暗、是沮丧。

　　那么，哪些品质可以传递正能量呢？比如，积极、勇气、正义、仁慈、坚忍、智慧、普世之爱。

　　我一向不太喜欢写空洞的理论，那么，如何做到传递正能量呢？

　　美国匿名戒酒委员会的一句祷告词，可以给我们一些参考答案：主啊，请赐我勇敢的心，去改变能够改变的；请赐我平静的心，去接纳不能改变的；请赐我智慧的心，去辨别这两者。

　　首先，改变能够改变的。世间的事，可以分为三种。第一种是你自己的事，你可以通过改变自己的习惯，来实现你想要的结果。第二种是他人的事，你可以通过发挥影响力，帮助别人改变。这两种事，都是我们可以施加影响的，都是可以改变的。我特别受不了周围那些牢骚满腹、抱怨连篇的人，恨不得上去抽他们。抱怨有啥用，干点啥啊。对自己的事，我们最有影响力了。想锻炼身体，没人绑着你的腿啊；想读书，没人蒙着你的眼啊；想写字，没人捆着你的手啊……Just do something（做点什么）！

　　而且，我们的积极主动，还能带动周围的人。最近在微博上，新精英的一些校友，慢慢形成了一个早起小组。这几个人相约早起，有的去游泳，有的打打坐，有的读读书，有的写写字。早起一点，就觉得一天的时光延长了一段，可以做更多的事了。这个小组，传递出的就是正能量！

　　而且，只要你用心，你就会发现，很多看似不可能改变和做到的事，其实都可以实现。事情不是不可能，是你的思维认为不可能。在上一家公司曾经负责过一次年会策划，当时的老总特别想在年会上搞一个全员都能参与的活动。当时，包括我在内的筹备组觉得太难了，我们又不是张艺谋，以我们的能力和财力，怎么搞一个1000多人参与的活动啊。

　　可是我们没有放弃，知道难但没觉得不可能。后来经过多次策划，我们萌生了一个全员拼logo的想法：员工穿着不同颜色的T恤，快速站成公司logo包含的五个英文字母。而且中间要经过几次轮转，站字母A的同事还要去站字母O。

　　为这个创意，我们付出了很多艰辛劳动，特地制作了一幅可以铺满体育馆那么大的logo放在地上，每个字母上打印好了点。

　　没有经过任何彩排，那次拼logo活动，我们成功了！那家伙，红旗招展，锣鼓喧天！那家伙，相当壮观！

　　改变能够改变的，能够传递正能量。

　　其次，接受不能改变的。世间的事，除了自己的事和他人的事，还有第三种，就是老天的事和已经发生的事。老天的事，寒来暑往，花开花谢，日盈月缺，潮起潮落，地震海啸，暴雨台风，这些通通out of control（不受控制）。平和自己的心境，坐看云起，闲看落花，面朝大海，春暖花开。

　　已经发生的事，我如此爱你，你却如此伤我，那些年我们一起追的女孩，通通嫁作商人妇，爱的人结婚了新郎却不是我，都没有必要纠结。看看这些事，让你收获了什么，没必要活在过去和回忆里，打点行装，就做那打不死的小强，立马开始你新的生活。

　　对这老天的事和已经发生的事，最好的应对办法，就是调整你嘴角的曲线，一笑了之。

　　淡然面对你不能改变的事，不自怨自艾，也是在传递正能量。

　　我们生在这个世上，是要让这个世界，因为你的来过，更好一些？

　　还是让这个世界，因为你的来过，更差一些？

　　借网络上卖萌的延参法师的话结尾：生命，是多么的辉煌；人生，是如此的精彩。

　　如此辉煌和精彩的人生，哪儿容得下负能量？

两分钟驻足思考　　你经常传递的，是正能量还是负能量？

第三章
知行合一

把 每 一 天 ，当 作 梦 想 的 练 习

一　未干先说，成就执行达人

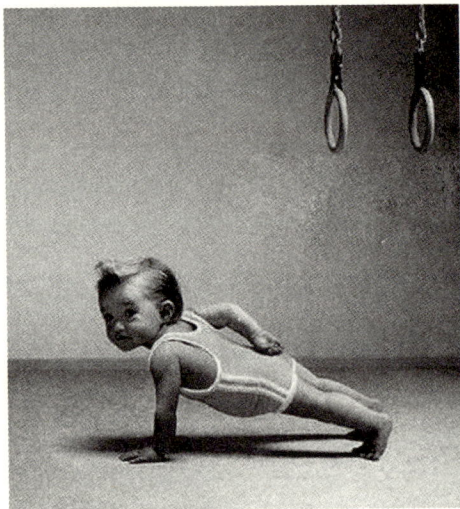

　　给一个朋友做教练，她准备在公司推行一个项目，但觉得自己还没有完全准备好，因而犹豫不决，没有信心进一步推动。

　　我问她：你想推动这个项目吗？她回答：想。

　　我问她：你觉得给你多长时间，你就可以做好准备工作，开始这个项目了？她回答：还要三个月吧。

我说：好，我现在开始改变角色，不是你的教练了，所以可以给你个建议（教练通常是不给建议的）——你可以去跟老板说，我三个月之后要开始做这个项目。这样说出去，做了承诺，这个项目能够执行的可能性就非常大了。

工作和生活中，我们往往倾向于等到所有条件都成熟，一切都完美了，才去采取行动，所以很多人的行动力会比较差，因为条件都成熟的情况太难得了。一件事情，如果真是好事，有那么六七成把握，就可以干起来，边干边调整，边干边完善。

而且，特别要强调的是，为了提高成功的概率，别光自己闷头儿想，干之前就对相关的人说出来，做出承诺，你将成为执行达人！

·公开承诺往往具有持久的推动力。在《影响力》一书中，作者写道，每当一个人当众承诺了一件事情，他便会产生维持它的动机，心里有压力要把自己的行动相应调整，因为这样才能显得前后一致。比如，如果一个人私下决定减肥，往往抵不住食物的诱惑，意志力很容易溃败。心理学家要求减肥的人制订短期目标，拿给尽量多的朋友、亲戚、邻居看。很多时候，其他方法都失效了，这种简单的小策略却能成功。一个女孩子戒烟的故事特别打动人：她找来一些卡片，在每一张的背面写下"我向你保证，我再也不抽烟了"，然后把卡片寄给了她爸爸、老板、闺密，还有她喜欢的男孩。这个方法，终于帮助屡戒屡犯的她远离了烟草。人在下决心之前容易犹豫不决，容易退缩，公开承诺，如同把自己交给大家来监督——我可都说出去了，没有退路，一定要完成啊！

　　·公开承诺将吸引相关的资源和人脉，助你成功。正如亚伯拉罕·马斯洛所说：当注意力集中在一件任务上时，无论是对个体还是环境都会产生积极的影响。（这也就是曾风行一时的《秘密》所宣扬的"吸引力法则"，当你循着内心的渴望前行时，你会发现，你周围的人开始不断给你带来新的机会。）我自己对这点深有体会。2012年初，我计划成立一个公益组织，专注于大学校园公益演讲。我把这件事，逮住谁跟谁说，在博客上也有提及。然后就怪了，开始不断认识与这件事情有关的人。我曾在北京林业大学做了两场演讲，起因就是在网上结识了博友"生涯故事"——她是北林一个学院的党委书记。之后，又有同学和朋友说可以帮我联系其他几所大学，如果我的时间允许，这个公益校园行就可以持续进行了。

　　《幸福的方法》一书里，泰勒·本－沙哈尔写道，把你的生命想象为一个旅程，你背着背包前进，忽然，出现了一堵墙阻挡了你的去路，你该怎么办？你是转身避开，还是把你的背包扔到墙的另一头，然后想办法穿过、绕过或是翻过它？

　　未干先说，把背包扔过墙，没有退路，往往可以让你取得成功。虽然口头上的承诺不一定保证目标实现，但它确实可以提高成功的概率。

　　而当承诺过后，为自己的承诺付诸行动时，人们会发现，他们的运气变得出奇地好，相关的资源和人脉都会被吸引，帮助他们取得成功。

未干先说，可以成就执行达人！

两分钟驻足思考　你有没有一直想改变的旧习惯？有的话，可以尝试把改变的想法说给别人听，一定可以帮助你建立新的习惯。

二 First Step，无数英雄在此折腰

朋友瀚心给我讲了一个关于催眠大师米尔顿·埃里克森的故事。

埃里克森到美国中南部的一个小城讲学，一位同僚要求他顺道看看自己独身的姑母。

同僚说：我的姑母独自居住在一间老屋里，无亲无故，她患有重度的忧郁症，人又死板，不肯改变生活方式。你看有没有办法让她改变。

埃里克森到同僚的姑母家去探访，发觉这位女士比想象中更为孤单，一个人关在暗沉沉的百年老屋内，周围找不到一丝生气。他很礼貌地对姑母说：你能让我参观一下你的房子吗？姑母带着埃里克森一间又一间地看。其实，埃里克森并不想参观房间，在老婆婆毫无生气的环境里，他想找寻一样有生命气息的东西。

终于在一个房间的窗台上，他找到几盆小小的非洲紫罗兰——这屋内唯一有活力的植物。姑母说：我没有事做，就是喜欢打理这几盆小东西，这一盆开始开花了。

埃里克森说：好极了！你的花这般美丽，一定会给很多人带来快乐。你能否打听一下，城内什么人家有喜庆的事，结婚、生子或生日什么的，给他们送一盆花去，他们一定会高兴得不得了。

姑母真的依埃里克森所言，城内哪家有喜事，她就会送去一盆紫罗兰。随着时间的流逝，花送得越来越多，也种得越来越多。姑母的生活大有改变，本来不透光的老屋，变得阳光普照、生机盎然。

　　一度孤独无依的姑母，变成市里最受欢迎的人。她逝世时，当地报纸头条报道：全市痛失我们的非洲紫罗兰皇后。几乎全城人都去送葬，以感谢她生前的慷慨。

　　在一次教练培训课堂上，曾经学到一个变革平衡公式（Change Equation），亦称作变革公式（Change Formula）、变革模型（Change Model）。变革平衡公式是 Richard Beckhard 和 Reuben T. Harris 二人在 David Gleicher 研究的基础上，于 1987 年共同提出的一个简单有效的管理工具，用以迅速获取对组织变革可能性及变革条件的直观印象。

　　变革平衡公式为：D × V × F > R

D=dissatisfaction

V=vision

F=first step

R=resistance to change

　　也就是说，当不满情绪 × 变革愿景 × 初步实践 > 变革阻力时，一个改变才会发生。如果上述三项要素有一项为零或者接近零的话，三者相乘也将为零或者接近零，此时，变革阻力将占据上风。

　　变革平衡公式可以帮我们把握变革必备的三个要素：

　　对当前形势状况的不满；

　　对组织未来愿景的期望；

　　迈向愿景的努力的初步实践。

　　对工作和生活的不满，可以引发改变的动机。期望实现的愿景越清晰，越能保持追求改变的动力，而开始行动、引发改变的第一步，至关重要。很多人对现实很不满，对自己要什么也很明确，但

因为从未踏出行动的第一步，导致美好的想法胎死腹中，结果往往是自怨自艾，牢骚满腹，原地踏步。改变无法实现的原因有二，不是从未完成，就是从未开始。

成功，只需要两步，一步就是开始，一步就是坚持。很多人倒在了中途，没有坚持下来。还有很多人倒在了起点，根本就没有开始。

生活就像滚雪球。开始滚的时候，最费力，要使出吃奶的劲儿。当它滚动起来，凭着惯性，你稍微给点力，它就自己向前了。

最初，雪球很小，不要怕。只要滚动起来，雪球就会粘上更多的雪，越来越大，越来越大。

而且，当雪球滚动起来后，前面一块石头垫一下，一棵树阻挡一下，都会改变雪球的方向。这个雪球，可以看到更多的、从未期许的风景。

所以，最要命的就是让雪球停在原地。它不但不会变大，随着阳光的照射，还会越来越小、越来越小，直到化为乌有。

你一定有许多想法和计划吧，那么迈出第一步吧，这样会带来前进的惯性，你所期望的改变就会发生。

两分钟驻足思考　你要做出一些改变吗？试着用变革平衡公式分析一下，是什么阻碍了改变的发生？

三　每年设定几个目标

我于 2005 年加入一家公司，负责培训。Owen 那年大学刚毕业，他初入职场参加的很多培训都是由我主讲的。

我在一篇博客里写到，被提升为经理的时候，我是那公司当时最年轻的经理。Owen 留言问我那年多大，看看他自己是否打破了最年轻经理的这个纪录。这个年轻人确实出色，很年轻就当上了项目经理。

他还在一次留言里说：Winter，我刚毕业时听你的培训，说每年要给自己设定几个目标。从那以后，我每年都这样做，几年下来，果然取得了很大进步，这招很灵。

是的，我在公司时经常和新人说类似的话，起因是和一个已经毕业四年的大学生的交谈经历。当时，这个同学跟负责员工发展的我抱怨说：Winter，我已经工作四年了，但现在干的活儿好像刚毕业那会儿就能干。工作职位没啥变化，工资也没涨多少，而且到现在也没女朋友，还是自己一个人。这四年，感觉白过了。

我问他：那你今年在工作上有什么目标？生活方面又有什么计划？想做哪些改变？那个兄弟说：我也不知道啊。

我给他建议，后来也无数次给过其他新人这样的建议：从现在开始，每年你设定几个目标，有工作方面的，也有生活方面的。然后克服困难和与生俱来的惰性，努力实现它们。我承诺给你，几年后你再看看，你的工作和生活一定大不同！

职场新人，一般都会经受"蘑菇定律"的摧残——因为没经验还干不了啥重要的事，再碰上不太关注新人的老板，往往打杂儿跑腿儿不受重视，如同生长在潮湿环境里的蘑菇一样，无人问津，自生自灭。

外界环境恶劣，就需要坚强的内心来支撑自己。没有指路明灯，每年为自己设定目标，明确努力的方向，就显得尤为重要。设定工作和生活目标时，有三点个人的体验要分享：

·别总盯着提升，也可以横向拓展。曾经面试过一个采购助理，刚毕业一年，对自己的职业规划是三年做到世界五百强的采购总监。年少可以轻狂和志向远大，但不能总盯着直线提升，职场里，横向拓展也是不错的发展方向。干好了培训，可以接触招聘；干好了生产，可以了解设计；干好了运营，可以学习质量。横向的基石打得牢固，有时比直线上升成长得更快。

· **不建议把赚多少钱设为目标**。钱对谁都重要，但钱是实现幸福的手段，不是终极目的。我同意冯仑在《理想丰满》这本书里写的八个字：**追求理想，顺便赚钱**。当你用清晰的目标指引自己不断进步，成长得足够优秀和不可替代后，钱，自然会来。

· **目标符合 SMART 原则**。SMART 分别指 Specific（明确性），比如，"提高英语口语水平"就不明确，可以修改为"通过 ×× 口语考试"；Measurable（衡量性），可以用量化的指标考核；Attainable（可实现性），目标通过努力可以达到，不能太高也不能太低；Relevant（相关性），和自己的核心工作相关；Time-bound（时限性），在规定的时间内完成。稍需解释的是，SMART 里的 S、A、R 也有人解释为其他英语单词。

我们的生活是由一系列选择决定的，你现在的生活，是由三年前的决定决定的，你现在的决定，又决定着你三年后的生活。是漫无目的、随波逐流地打哪儿指哪儿，还是心中早已设定方向，明确指哪儿打哪儿，这需要我们自己做选择。

现任联合国秘书长潘基文，18 岁那年作为学生代表出访美国，被当时的美国总统肯尼迪接见。从那时起，他就决定自己将来要成为一位外交家。为此他苦学英语，高考报了国立汉城大学，选择了外交专业，毕业后顺利进入韩国外交通商部，开始了外交官之旅。

现在美国 NBA 优秀后卫之一的德隆·威廉姆斯，五岁时在幼儿园的本子里，写下了要成为 NBA 超级巨星的梦想，这个梦想已被他实现。

我们，也许没有那么前瞻，还看不清终点。那就一点一点来，**每年想想自己要什么，设定几个目标，干着干着，或许就蹚出了一条路，明晰了梦想的方向。干着干着，现实和梦想的界限就会渐渐模糊，慢慢的，你就站上了梦想的舞台。**

两分钟驻足思考　你今年想实现什么？你的几个核心目标是什么？

四　时间管理，就是这么easy

每个人，都应该学习点心理学；每个人，都应该学习点时间管理。

心理学可以帮助你更透彻地看清人和事；**时间管理可以使你的工作和生活更平衡，让你更从容。**

2012 年 4 月底，我在北京林业大学为工学院学生做了"似水年华且珍惜"的校园演讲，之后承诺整理出演讲文稿，给没机会参加那场演讲的同学参考。现在借这篇文章，将时间管理的精髓呈现给大家。其实，时间管理，就是这么 easy（简单）！

·时间是最公平的。这个世界存在太多的不公平，从我们生下来那一刻开始。你爸是李刚，我爸是农民，我们就不公平；你天生聪颖，我资质平庸，我们就不公平；你长相喜人，我歪瓜裂枣，我们就不公平。但时间对每个人都一样多，每人每天就 24 小时，每周、每月、每年我们可分配的时间分毫不差，只是产物不同而已。

·时间浪费不起。正如梁实秋所说：最令人触目惊心的一件事是看到钟表上的秒针一下一下地移动，每移动一下就表示我们的生命又缩短了一部分；再看墙上挂着的可以一张张撕下的日历，每撕下一张就表示我们的寿命又缩短了一天。所以有成语白驹过隙、稍纵即逝、弹指一挥，光阴似水又似金。

而时间管理特别简单，就分三步：回顾使命和角色、选择高回报事项、每周日程安排。

1. 回顾使命和角色。这步包含两个内容：第一，搞清楚自己的使命，也就是自己到底要什么，想过怎样的生活，成为什么样的人。时间总量有限，唯有搞清楚方向，才能有的放矢集中发力。记住一点：方向永远比速度重要！太多的人，蝇营狗苟埋头耕耘，实现目标后才发现那不是自己想要的。关于使命的确立，可以参考之前的文章《用"个人使命宣言"规划你的人生》。第二，确认自己在工作和生活领域里的全部角色。这十分重要，清楚自己的角色，可以有效地避免厚此薄彼、顾此失彼的失衡状况。比如，我在各领域的角色包括：家庭方面，我是丈夫／父亲、儿子／女婿；公司里，我负责培训和员工发展；社会上，我是同学／朋友、网络写手；最后一个角色，是个人，因为我们永远不能为了别人而迷失了自我。我给个人定义了身体、心智、精神、社会／情感四个不断提升的领域。

2. 选择高回报事项。在第一步确定了使命和角色后，我们就要定义下一周那些重要的、紧急的、具有高回报价值的事情了。在这儿。必须介绍所有时间管理培训不能不提的时间管理矩阵（图见下页）。根据重要性和紧急性两个属性，我们可以将所有事务定义进四个象限：第一象限事务，既重要又紧急，比如事故、危机、疾病、临近最后期限的项目等；第二象限事务，重要但不紧急，比如做规划、预习复习、锻炼身体、建立或维持关系、读书学习；第三象限事务，不重要但紧急，比如不速之客、他人的琐事、公共活动、无关的会议；第四象限事务，不重要不紧急，比如过多地打网络游戏、赌博、消磨时间的其他活动。我们提倡将时间投注在第一和第二象限事务上，这些就是高回报事项，先处理完第一象限既重要又紧急的事，然后就做那些第二象限的事，养精蓄锐，不断更新。再有时间，可以做做第三象限的事，人不是机器，偶尔也可以在第四象限放松甚至放纵一下。第二幅是我根据第一步使命和角色，以及重要紧急程度，确定的每个角色下周的两三件高回报事项。

时间管理矩阵：重要和紧急事务的时间分配原则

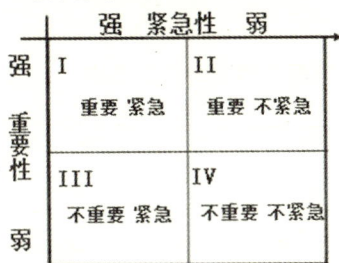

重要的：有利于实现目标、有价值的事情。
紧急的：需要立即注意或处理的事情。

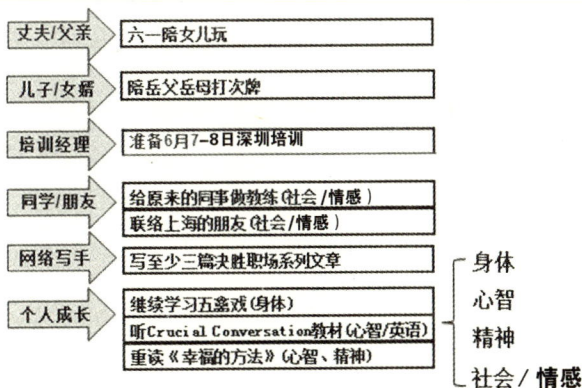

3. **每周日程安排**。这步最简单了，将第二步选择的高回报事项，安排到一周七天里完成。做每周日程安排需要注意几点：第一，建议每周五下午，花 20 分钟时间，做下一周的日程安排。第二，把选择的高回报事项，分摊到七天里去，别把某一天安排得太满。高回报事项安排完，再将其他鸡毛蒜皮的事放到日程里去。第三，日程安排可以根据习惯，选择任意形式，可以用 Excel 表格，可以用效率手册，也可以用 google 或 Lotus Notes 的 calendar，只要实现目的就好。

时间管理就这么三步。除了这系统的三个步骤，还有几个时间管理方面的好习惯和技巧可以分享：

· **学会说不**。对那些三、四象限的事，要敢于说不，而且说得要委婉而坚定。

· **吞象原则**。这适合那些长期项目，比如背英语单词，可以按字母顺序分割成一个个小部分，在一定时间内完成。不过吞象原则需要自律，有太多的人，单词书只有字母 A 开头的那几页磨得最脏最厚。当然，偶尔也有字母 Y 和 Z 的部分磨得最脏的，那是从前往后背没成功，想尝试从后往前背造成的。

· **逆势操作**。指的是别人都在干某事时，我不干，别人不干的时候，我去干，不走寻常路，就跟正常人不一样。比如吃饭时间、超市购物时间、复印时间、上班下班时间，都可以错开高峰来节省时间。逆势操作还可以指，如果一天中有一件不爱干的事和一些喜欢干的事，上班就先把不爱干的事干掉。**将讨厌和艰巨的任务拖到后面，就像你伸开手臂举着杯子，开始没什么，但是随着时间的推移，你会越来越感到压力。一上班就搞定，**

就能享受到效率提升及一天中剩下时间的平静和惬意。

·做当下快乐＋未来有意义的事。某些时候，有些事务可能不太好用时间管理矩阵归象限，不妨就问自己这样两个问题：这件事，我当下做着的时候快乐吗？未来回头再看，这件事有意义吗？如果这两个问题的答案都是肯定的，你就不用犹豫，尽情去做就行了。如果只是当下快乐，未来毫无意义甚至还有负面结果，那你大可以放弃。

时间管理，就是这么 easy。需要提醒的是，没养成习惯前，一定要扎扎实实地用某个工具按这些步骤连续做一段时间，养成时间管理的良好习惯。别因为这些道理太过浅显，就不落实到行动上去。或许未来深入骨髓之后，你就真的不需要任何工具了，已经达到手中无剑、心中有剑，甚至手中心中通通无剑的境界。

但那需要时间。管理上和生活中的道理，哪些我们不懂？区别就在于，懂了之后能否践行和坚持，这决定了我们是优秀还是平庸。

两分钟驻足思考　你现在在用时间管理矩阵规划自己的时间吗？

五　你是人裁、人材、人才，还是人财

话说曹操与东吴水军在三江口交战，双方对峙多日。曹操苦于无破敌良策，东吴都督周瑜那边亦无计可施，因为曹方有蔡瑁、张允统率大军，二人深得水军之妙。

此时，三国中一个特别主动积极的哥们儿出现了。曹营的幕僚蒋干主动请缨，去劝降老同学周瑜，于是有了那场著名的群英会。酒席上周瑜炫耀了东吴兵精粮多的实力，表达了得遇良主要效忠到底的决心，断了蒋干劝降的念头。晚上，周瑜装醉，与蒋干抵足而眠，诱使蒋干偷走了伪造的蔡瑁、张允投降东吴的书信。这封信，断了蔡、张二人的性命。

戏说的历史，也不妨为鉴。成为笑柄和群英会背景的蒋干，放到今天，应该属于那种有意愿但没能力的员工。

1969 年，美国组织行为学家保罗·赫塞博士提出了情境领导管理模式。也就是说，领导者对下属的领导方式，应该根据不同情境和下属的准备度有所调整。所谓的准备度，是指被领导者在接受并执行某项具体任务时，所表现出的能力与意愿水平。能力是指知识、经验、技能与才干。意愿是指信心、承诺与动机。根据能力和意愿水平的强弱，我们可以将员工分为四个类别：

做真正的人CAI

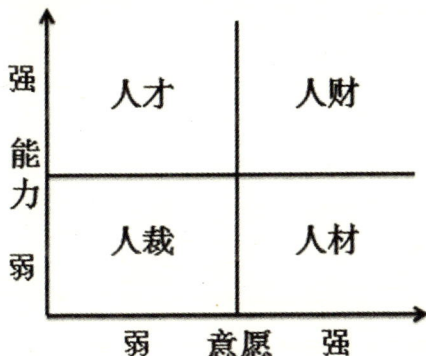

第一类：没能力、没意愿。这类员工，本事不行，态度还差，活儿干得不漂亮，人还叽叽歪歪，属于最容易被裁掉的人员，故称为"人裁"。有些年龄稍大的人，可以归为这类，怀念过去抱怨现在社会不公。个别初入职场的年轻人也是这样的，踢一脚动一下，羽翼未丰，态度消极。

第二类：没能力、有意愿。这就是蒋干那个类型的，本事不大，但态度积极，是块材料，但目前能力不行，需要雕琢，故称为"人材"。初入职场的人很多都属于这类，经验不够，但冲劲儿十足。企业里的一些高学历人员，或者长相好的员工，有的也可归为这类，有卖相而无实际价值。

第三类：有能力、没意愿。这类人有良好的综合素质和真才实学，故称为"人才"，但态度消极，往往对企业不认同。我喜欢把这类员工比喻成大象，有真材实料，但大而不当，自以为是，骄傲自满。某些领域的专家可以归为这类，有实力，但没热情，人际关系较差。

第四类：有能力、有意愿。这些人，很多都是中坚和骨干，能力很强，态度又积极，是认同企业、可以给企业带来财富的人，故称为"人财"。这些人，招之能战（意愿强），战之能胜（能力强），是老板最喜欢和信赖的人。

领导者需要根据能力和意愿两个因素，判断员工对某项任务的准备度，以采取相应的领导风格。

对第一类没能力、没意愿的员工，一般采取告知型领导风格，高指挥、低支持。通常会告诉员工做什么、为什么、什么时候完成、怎么做等。决策由领导者来制定，更多采取单向沟通的方式，领导说、下属听。严密监督，必要时运用制度和规则来进行约束。

对第二类没能力、有意愿的员工，一般采取推销型领导风格，高指挥、高支持。领导做决定时通常会征求下属的意见，但决策的控制权仍然掌握在领导者手中。领导会随时给予下属反馈，认可好的行为和表现，纠正工作偏差。

对第三类有能力、没意愿的员工，一般采取参与式领导风格，低指挥、高支持。领导做决策时，让下属参与进来，创造一种宽松的气氛；鼓励下属提问，跟下属共同做决定；群策群力，集思广益。

对第四类有能力、有意愿的员工，一般采取授权式领导风格，低指挥、低支持。领导将决策权完全交给下属，允许下属去进行变革，明确告诉下属希望他们自己去发现问题，纠正工作中的错误，让下属在一个更为广阔的平台上自由发挥。

哎呀，能力啊意愿啊，一会儿有一会儿没的，把我自己都折腾晕了。

　　简单一句话总结给领导者：分派一项具体任务前，得先问两个问题。第一，下属行吗？来考查对方能力。第二，他乐意干吗？来考查意愿。然后再采用相应的领导风格，确保任务的顺利完成。

　　另一句话说给咱们这些被领导者：面对任务时，争取做第四类员工，有能力、有意愿。先自我提升和修炼，保证自己行（有能力），然后如饥似渴、嗷嗷叫着跟老板表态，我要干（有意愿）。

　　这样，你才能成为老板最喜欢和信赖的人财。

　　两分钟驻足思考　　你是人裁、人材、人才，还是人财？

六 条条大路通发展

前段时间在周庄旅游，晚上无聊地看电视，看了一段天津卫视的节目《非你莫属》。这是个职场节目，由张绍刚主持，候选人在台上表现，下面坐着几家公司的老板。候选人与公司相互选择，候选人可以现场得到工作机会。

其中有个东北女孩很有意思，最后有两家公司愿意要她，她需要决定去哪一家。当时，她反复问其中一家公司的老板（这个老板是她的东北老乡）一句话：您说您愿意培养我，是吗？

当时，人众人公司的老板、人力资源专家杜葵在现场，给这个女孩建议说：希望你能调整一下心态，发展首先是自己的事，是自己的责任，不能过多依赖别人。

的确，这个女孩的心态，可以称为职场的"托付心态"——把职业发展托付给公司、老板、其他人，而忽视自己的责任。这种托付于人的做法，在过去的中国社会十分普遍。一个家长将孩子带给朋友，并嘱咐一句：这孩子以后可就托付给您了！

而在如今这个竞争的年代，如果咱爸不是李刚，或者不是李嘉诚，就不能把发展托付于别人。我们要永远记住一点：发展，首先是自己的责任，其次才能靠公司、老板和他人。因为除非公司有良好的人员培养体系，你又足够优秀，能够被选入这个体系，或者你能遇到有育人意识的上司，否则，没人会主动来想着发展你。

大家都在琢磨自己那些事，谁会在乎你？

那么，我们都有哪些方式可以自我发展呢？方式很多，可谓条条大路通发展：

1. 参与项目（Project）。除了日常工作，公司里会有一些临时性的重要项目。这些项目有的是需要部门内跨 team（团队）完成的，有的甚至需要公司内跨部门合作。建议有时间和精力的话，申请进入这样的项目组。即使不能负主要责任，也混个参与。这样不仅可以积累新的经验，也可以认识公司里更多的人，建立人脉。

2. 岗位轮转（Job Rotation）。可以找适当机会，去部门内其他岗位轮转一下，甚至是跨部门轮转，时间是半年到一年。注意，是全职轮转，就干那个岗位要干的全部工作，而不是观摩和实习。或者在干自己工作的同时，去涉及另一个岗位的核心工作。这是自我成长十分有效的方式。我自己曾经在做培训的同时，负责了招聘

team 的一部分工作，这拓展了我对 HR 的理解。请注意两点：一是去其他岗位轮转的前提是，你已经把自己岗位的事充分搞定了，老板才会支持你去尝鲜的不安分想法；二是轮转就是轮转，学一段时间就回来，还是要继续本职工作的。

3. 找个教练（Coach）。教练这个概念，这几年在职场和生活领域越来越流行了。教练通过建立相对长期的伙伴关系进行，采用问题的对话方式，不给建议，让我们自己去探寻解决方案，帮助我们发掘自身的潜能，实现想要的结果。教练一般是收费的，而目前市场上有很多学习教练技术的人，为了熟悉技术，通常愿意免费给我们当教练，拿我们练手。可以找找他们，这是个双赢的方式。

4. 寻个导师（Mentor）。这是个非常有效的发展途径，类似工厂里的师傅带徒弟。我们可以有意识地在自己的公司或职业领域找到一位导师，这位导师需要德艺双馨：第一，在你的职业领域是专家或高手，专业性的问题，我们可以向其请教。第二，有良好的素养和品德，生活领域的问题，也可以给我们指导。导师的意义不光是教导我们，或许，未来的某些时刻，会成为你下一步发展的推荐人。他说的话，在公司和业内都会很有分量。

5. 参加培训。培训可以是专业领域的，也可以是综合素质通用技能类的。我一向鼓励职场人士多参加培训，这是不断更新的有效方式，你永远不知道谁说的哪句话会给你冲击，改变你的思维模式，进而影响你的一生。

6. 继续教育。无须赘言，看看身边那么多人，工作好几年又重返校园，你就知道继续教育的重要性了。当然，要慎重选择继续学习的内容，应该学习的是适合自己和自己需要的。

7. 自学成才。这个方式我要重点强调一下，因为我本人受益良多。在没做上培训这个职业前，我通过读书等方式已经累积了很多相关的知识和技能，一旦做上培训，很快就上手了。自学的一点心理学，在很大程度上影响了我的思维模式。毕业十多年，一直在坚持学英语，使得我可以用英文给外国人上课，自己觉得挺骄傲的。

注意，我为什么要把这些看似没有先后顺序的方式，标上有先后顺序的数字呢？那是因为，它们的确有先后顺序。

美国创新领导力中心（CCL，Center for Creative Leadership）曾经提出一个 70/20/10 学习模型：领导者的学习 70% 来自生活和工作经验（参与项目和解决问题）；20% 来自反馈、观察和向榜样学习（导师和教练）；只有 10% 是通过正规教育和培训。

所以，我把参与项目和岗位轮转放在了第一、第二的位置。凡事必须做，做了才有感受和体会，才能积累经验，否则只是意淫。找教练放在第三。教练也是会督促你实践和执行的。第四才是寻导师。榜样有力量，但别人的经验未必适合你。参加培训和继续教育只放在第五、六的位置，因为专家说了，学习只有 10% 来自正规教育和培训。（写到这里，做培训的我，内心一片凄凉。）

但，我把自学成才放在最后，不是因为它最不重要，而是我认为，它最为重要，所以放在最后加以强调。我认为，学习能力，或者说学习力，是发展相当重要的手段，决定着我们能否在职场流水不腐、松柏常青。

在职场，发展永远是自己的事，或者说，首先是自己的事，不能只依靠别人。

　　靠别人求发展，就如同女人依靠男人，可男人要靠得住，母猪都能上树。

　　要托付，就把发展的任务托付给自己吧。

　　只有自己最靠得住！

两分钟驻足思考　看看你可以通过上面提到的哪个或哪些形式进行自我发展。

七　学会"作秀"

职场中人，不仅要 do well（做得好），也要 show well（秀得好）。会 do，不会 show，是闷葫芦；会 show，不会 do，是绣花枕头。

Do well，同时能 show well 的人，才能在职场征服老板，如鱼得水。

这里所说的 show，指各种演讲、演示、汇报、报告，也就是英文的 presentation——向别人展示或说明某一主题的过程。

职场里很多人患有演示障碍，要么根本不敢讲，要么敢讲不会讲。其实演示非常简单，如同咱古代的八股文一样，讲好开头，掌控过程，有力结尾，就万事大吉了，正所谓凤头、猪肚、豹尾。下面就从开场、主体、结尾三个部分，和大家分享一下如何设计一个令人印象深刻的演示。

凤头：第一印象，即良好的开头，是成功的一半。开始的三分钟，对一个演示至关重要，你再没有其他机会去赢得第一印象了。我个人经常用，其他演讲高手也比较推崇的开场方式主要包括：

·讲故事。尤其是与主题强烈相关的亲身经历，或者是有寓意的名人逸事，往往能收到引人入胜的奇效。比如，我在一家公司给青岛分公司同事培训客户服务时，就曾这样开场：我是昨天下午到的青岛，晚上无事想去栈桥逛逛。我就在站台等公交车，站台就我一个人。一会儿过来一辆，我伸手示意，可是车嗖的一下过去了，没停！当时我挺生气，就在这时，紧跟着又过来一辆同线路的公交，我赶紧伸手，嘿，这辆也没停！就在我要骂娘的时候，前面过去的那辆，竟然在十字路口拐了个弯，又回到站台来接我！原来，第一辆车上人很多，司机觉得我可以坐下一辆车，也没人下车，他就没停。后面的司机一看前车没停，以为我不是坐这趟线的，所以他也没停。坐上车以后，我真有些受宠若惊，青岛公交车的服务给我留下了深刻印象！各位同事，我们怎么样提升自己的服务，并让顾客印象深刻呢？让我们进入今天的客户服务培训。同事们兴致盎然地听完这个故事，全情投入了培训。

· 问问题。一个好的问题，可以迅速吸引听众的注意力。在上一家公司，一次参加全球会议，各位 business 老板做 presentation，每人 20 分钟，各种数字啥的听得人昏昏欲睡。到了我们清洁能源老总，他上来说：各位，下面我将先介绍 hydro（水电），再介绍 wind（风电）。各位知道我为什么先介绍 hydro，再介绍 wind 吗？昏昏欲睡的听众开始交头接耳，有人大声猜测答案。大约 30 秒后，我们老总说：我这样安排顺序，不是因为我们先有的 hydro，后有的 wind，也不是因为 hydro 占的营业收入多，wind 占的份额小，主要是因为，在英文字母表里，H 排在 W 前面。听到这个，观众席一阵会心的大笑。这个老总运用了问问题的方式，同时深谙幽默之道，确保了他成功演示开场。

· **自我介绍**。这个方式，绝大多数人会用，但能用好的不多。我的经验是，一定要找到你比较独特的地方，让人印象深刻。我一般有两个版本的自我介绍，针对老外，我会说：各位好，我是 Winter Wang，你们可以叫我 Winter。取 Winter 这个名字，是因为我觉得自己不够 cool，要弄个 cool 一点的名字。没想到，这个名字不但 cool 了，而且都 cold 了。针对中国听众，我会说：各位好，我来自黑龙江，所以有点黑。你们从我的体形也看出来了，我是东北纯爷们儿，典型的东北大汉！（这时，我一般还要双手叉腰，挺起我单薄瘦弱的身板。）这两个介绍通常会引来听众的笑声，在开场就营造了轻松愉悦的氛围。

· **PIP**。这个是万能的开场方式，讲明演示的 purpose（目的）、主题的 importance（重要性）以及 preview（介绍）一下要讲到什么东西。绝大多数人都采用这个万能公式开场，但也比较无趣。

· **小游戏**。这个方式在培训热身时常用，在一般演示和演讲里极少有人用到，但如果能用好，效果极佳！在校园演讲和做校园招聘宣讲时，我常这样开场：同学们好，刚才你们老师介绍我上台时，你们鼓掌对我表示了欢迎。各位有没有想过，如果我给你一分钟的时间，你用最快的速度鼓掌，你觉得自己可以鼓多少下？（之后我点几位同学说一下自己的答案）我手里有一个秒表，让我们来测试一下。这个游戏，结果会出乎同学的预料，大家实际鼓掌的次数会远远高于自己的想象。然后我会说：其实，我们每个人身上都有很大的潜能，可以做很多事情。而这种潜能，甚至你自己都没有意识到。让我们进入今天的主题——如果你能认真实践，就可以创造你想象不到的未来。被这个游戏震撼到的同学们，会很自然地跟随你深入下去。

另外，引用名人名言，使用图片、图表、数据等，也是不错的开场方式。如果再辅以幽默的手段，把观众逗乐了，你的演示就成功了一大半：笑声，会融化心灵的坚冰；如果观众笑了，就更容易放下抵触情绪，接受你后面的观点和内容了。

猪肚：对于非培训师的一般职场人士，我建议大家把精力放在主体部分。最主要的是，找到你演示的逻辑。有了清晰的逻辑架构，听众更容易跟着你的思路走，你也不会讲着讲着连自己都不知所云了。

那该怎样组织演示的主体部分呢？推荐"帆船结构"给大家。帆船的上部，要明确你这次演示的目标，是要销售、获得批准、支持、理解、同情，还是让对方简单了解一下。明确了这个之后，竖立帆船的三根桩子，用三个点支持你要实现的目的。

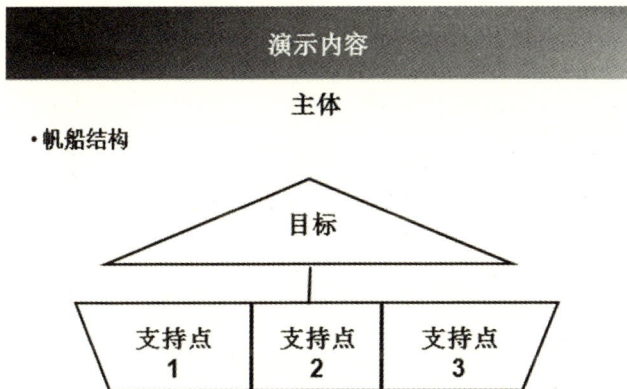

那这三个支持点，可以通过什么逻辑搭建呢？接下来要讲的几个逻辑，读者朋友要注意了，这是这篇文章的精华所在：

·**时间逻辑**。这是采取最为广泛的逻辑了，很多人做报告都喜欢这种结构——回顾过去、立足现在、展望未来，连赵本山的小品都用昨天、今天和明天来叙事。时间逻辑也适用于讲解事务的流程，比如我这篇文章的结构，先写凤头，现在在写猪肚，最后写豹尾，就是按照演示的先后顺序展开的。

·**空间逻辑**。空间逻辑以地理位置或视觉区域作为主要框架。比如跨国公司做报告时，常常以业务分布的区域展开，美洲、欧洲和亚洲，中国内地、香港和台湾等。

·**变焦逻辑**。是指变换焦点来展开陈述，焦点可以从大到小，也可以从小到大。比如做新员工入职培训的时候，我们可以先讲集团总部的情况，再到中国区的业务，然后具体讲某一个分厂，这是典型的从大到小。

·**三角逻辑**。如果不太好形成以上三种逻辑，可以尝试从三个角度或者三个方面来阐释你的主题，比如人力、财力、物力。比较新旧流程时，可以从效率、成本、操作难易三个方面探讨。我曾经每次跟美国老板开会，习惯汇报培训、教练、分享三方面内容，因为这是我那年工作的三个核心。

您可能也注意到了，帆船结构建议用三个支持点。三是个神奇的数字，我们说事不过三，三角形具有稳定性，三个臭皮匠胜过诸葛亮，一个篱笆三个桩等。说三点，很有节奏性，而且重点突出，并显得你深思熟虑过。千万别罗列超过三个要点，那样听众就记不住了。

豹尾：闪亮的开头过后，展开了逻辑清晰的主体阐述，结尾当然也要令人回味。可以采用的结尾方式有：

·**总结回顾**。"最后，我再总结一下我讲的主要观点……"。这类的总结回顾可以帮助听众重温你演示的主要内容。

·**行动计划**。这是提示听众演示结束后他们需要做什么。这步在一些项目阶段性回顾演示里十分重要。

·**愿景激励**。很多领导人都喜欢这个方式，"我相信，在××的英明领导下，在全体党员干部的辛勤努力下，在人民群众的大力支持下，我们的明天会无比光辉灿烂"。

·**讲故事**。不过多阐述了，和开场的讲故事一样。如果结尾时能讲一个契合主题且意味深长的故事，即使你前面整个过程讲得一般，听众也可以带着深深的感触离开。

演讲、演示技巧和英语能力、沟通技巧等一样，都属于"可持续技能"，无论干啥工作都用得上。经历了三家外企，从事人员发展的我，见多了虽然能干但不会表达，因而得不到很好发展的同事。

这个时代，已经不再"酒香不怕巷子深"，酒香，也要充分抓住机会吆喝，用闪亮的曝光吸引顾客的注意。

演示技巧，是可以学、可以训练的。

用心准备，抓住机会练习，别再让自己吃哑巴亏！

两分钟驻足思考　　你对自己的演示技巧满意吗？有时间可以看看《魏斯曼演讲圣经》，不错的一套书。

（该文参考了竞越培训公司"驻足思考"课程以及宋春涛著《一句顶一句——说着说着就成了》，一并致谢。）

八　你是老虎、孔雀、考拉，还是猫头鹰

一心想吃唐僧肉的白骨精，见孙悟空不在，化作一个美少妇，想趁机掳走唐三藏。

八戒见了美少妇，使尽浑身解数搭讪，想讨人家欢心。

正在此时，悟空化斋回来，见了白骨精抡棒就打。唐僧见状，立即喝止悟空。但悟空见了妖精岂能不打，一棒结束了美少妇性命。唐僧急了眼，好你个滥杀无辜的猴子，立刻念起了紧箍咒。

沙和尚见状，立刻向唐僧求情：师父，大师兄也是为了保护你，大师兄做得对呀。唐僧虽宅心仁厚，但坚持原则，滥杀无辜必须惩处，于是把孙悟空逐出了师门。

悟空一个筋斗飞走，跑到一边很伤心。沙和尚又追上来安抚：大师兄，师父撵你走，也是出于无奈，师父做得对呀。

唐僧为何如此坚持原则，没有证据绝对不相信悟空的判断呢？悟空为何不能屈服，非直来直去见妖就打呢？八戒为何见了异性就走不动道，非要讨人家欢心呢？沙和尚为何刚说大师兄做得对又说师父做得对，两头当好人呢？

用 DISC 行为风格来分类的话，唐僧属于 C 型人，也可称为猫头鹰；孙悟空是 D 型人，也可称为老虎；猪八戒是 I 型人，也可称为孔雀；沙和尚是 S 型人，也可称为考拉。

DISC行为风格

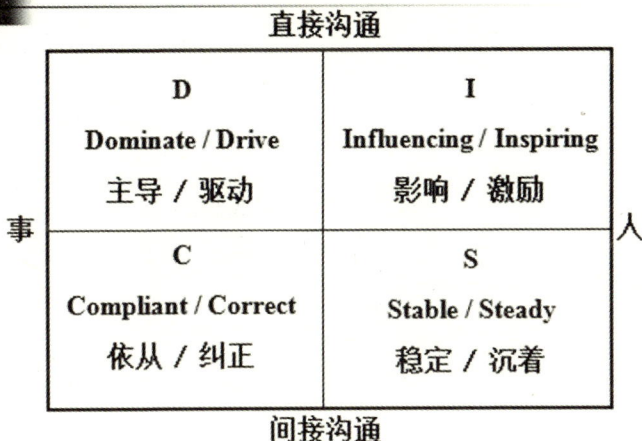

直接沟通

D Dominate / Drive 主导 / 驱动	I Influencing / Inspiring 影响 / 激励
C Compliant / Correct 依从 / 纠正	S Stable / Steady 稳定 / 沉着

事　　　　　　　　　　　　　　　　　　人

间接沟通

1926 年，威廉·马斯顿博士创立了 DISC 学说，他认为人都是有习惯的，人的行为都是有倾向性的。他按照倾向人还是倾向事，以及行为风格是内向还是外向两个维度，把人分为四类：DISC 里的 D 是 Dominate，关注事并外向；I 是 Influencing，关注人并外向；S 是 Steady，关注人并内向；C 是 Compliant，关注事并内向。（如图）

DISC 和 MBTI 是外企里比较常用的人员行为测评工具，通过完成一套量表，判断被测者的风格，主要用于招聘面试和公司人才选拔培养。DISC 相较 MBTI 更容易理解，乐嘉的性格色彩学以及最近在国内教练圈渐渐兴起的美国 NASA（美国国家宇航局）的 4D，和DISC 极为相似，都是把人分为四类：

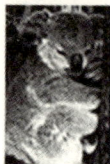

★ D 老虎——天生的领导者

老虎的长处是充满自信、不轻易服输、不达目的不罢休。喜欢竞争，勇于冒险，直截了当，有责任感。缺点是傲慢，易冲动，没耐性；独断，越权行事，好争辩，鲁莽。

老虎是天生的领导者，可以给团队提供方向与领导，善于处理危机，勇于接受挑战，善于克服困难，乐于创新。有大局观，始终关注目标的实现，能自如应对压力。

老虎渴望冒险和做决定的权利，需要得到对其领导能力的肯定。喜欢不受约束，不受条条框框的限制，喜欢"一杆子插到底"的做法。所以和老虎沟通时，要肯定其能力，谈问题简明扼要，直奔主题，别磨叽。对他们的评价基于结果而不是过程。

★ I 孔雀——天生的沟通者

孔雀的长处是热情，积极，乐观，善谈，有说服力；机敏灵活，善于社交，信任他人，善于应对，幽默风趣。缺点是过于炽热，不善于倾听；轻信，浮于表面；易冲动，多愁善感。

孔雀是天生的沟通者，能推动团队活动，创造和谐的环境。善于表达，影响和激励他人。善于合作，容易接受他人。态度积极乐观，愿意提出见解，面对突发事件应变自如。

孔雀喜欢被喜爱和被接受，不拘于细节，不受控制。喜欢友善积极的工作环境以及能自由阐述观点的机会。所以和孔雀沟通时，需要建立和谐友好的氛围，减少冲突和争执，多表扬和捧场。给机会听他们的见解，给予时间做些激励性和随意的活动。

★ S 考拉——天生的协调者

考拉的长处是谦虚，自制，沉稳，可信赖；友好，愿意倾听和与人合作；做事追求完美，理想化。缺点是易自卑或自贬，易否定自己；较保守，不易变革，面对变化适应的时间比较长。

考拉是天生的协调者，能融入团队目标，有强烈的归属感，能考虑到整体和局部，建立和谐的氛围。善解人意，善于观察，性情平和，对人有耐心。务实，忠诚可靠，可以给人信赖感。

考拉要求安全感和真诚相待，喜欢相对稳定的环境，给予调整和适应变化的时间、明确的责任范围。所以和考拉沟通时，不要催得太急，或采取咄咄逼人和对峙的态度。听取他们的想法时要耐心，以不具威胁的方式提出不同意见，给予鼓励、支持和理解。

★ C 猫头鹰——天生的组织者

猫头鹰的长处是坚忍执着，稳健踏实；追求精确，善于分析，处事周全，有系统性；做事认真，谨慎低调，讲究事实依据，力求客观和符合逻辑。不足是墨守成规、固执己见；苦心劳神，陷于细节，束缚于流程和规范；过于小心挑剔和避免风险，过于追求规则，不讲情面。

猫头鹰是天生的组织者，提出问题切中要害，控制细节，处事谨慎。对工作讲究方法，关注质量。思维有逻辑性，工作有系统。愿意与人分担风险，努力达成一致的意见。

猫头鹰要求自主和独立，有规范秩序的工作环境，能接受经周密计划后的改变。他们确有把握才做事，有明确的目标和要求，有确切的工作指南。所以和猫头鹰沟通时，要有精确的数字和事例支持自己的观点，事前做好充足的准备，以系统和全面的方法来提出见解，解释问题要耐心。

综上所述，我估计，DISC 不是外国人创造的，吴承恩老爷子才是鼻祖。取经路上的师徒四人，各具特色，个性鲜明。唐僧是典型的猫头鹰，坚忍执着，目标明确，为了取得真经，抵御了多少美女的诱惑；孙悟空不是猴子是老虎，性情直率好勇斗狠，有极强的责任感，而紧箍咒也禁不住他追求自由的心；猪八戒不是猪是孔雀，活儿干得不多但嘴好，动不动就在美女面前嘚瑟，没有耐性，见异思迁；沙和尚是考拉，典型的和事佬，最擅长和稀泥，最多的台词就是春晚相声里说的那样：大师兄你说得对呀，二师兄你说得对呀，师父你说得对呀。

有兴趣的话，上网搜一下，有些网站提供简版的 DISC 测评。在工作中，了解一下自己和同事的行为风格，大有裨益。知人者智，自知者明，首先可以发挥自己的长处，克制自己的缺点；其次知道别人的行为风格，就可以采用对方喜欢的方式去沟通，这样可以创造和谐的工作氛围和环境。关于 DISC 需要提示的是：

・**很多人都是混合型的。**也就是说，不是单纯的老虎或猫头鹰，而是有一个主要风格、一个次要风格。我做过的一些测评里，有很多 DC 或 CD 型的人，从上面的图里可以看出，这样的人更关注事。也有 DI 和 ID 的人，这样的人性格更外向。也有 IS 和 SI 的人，这样的人更关注人。我本人就是 IS 型的。

・**团队成员混搭最好。**为啥唐僧四人能取经成功啊？因为互补啊。从经验看，老虎和考拉合作最佳，老虎指明了方向就啥也不管了，考拉来协调实现目标。孔雀和猫头鹰是绝配，孔雀乐观积极爱表现，猫头鹰在后面条理清晰地提醒孔雀注意细节。

・**随着年龄和经历的改变，风格也会变。**我第一家公司的一个同事，最初入职做生产助理，当时测评是典型的考拉，八九年之后做了生产经理，再测是 D 型主导了，我估计是新的岗位要求他经常做决定导致的。经理不能像助理那样叽叽歪歪没主意，经常要立马做判断。

　　也不光是工作，说说生活，你觉得女生一般喜欢哪个类型的男生？

　　没错，孔雀男最招女孩喜欢了。据说，85% 的女孩偏爱孔雀型男生。

　　那男生呢，喜欢哪个类型的女生？

　　没错，男生更喜欢考拉女生，绝对的贤妻良母。

　　哈哈哈，纠正一下，男生喜欢娶回家的女生是考拉型的。

　　真正喜欢的女生，也是孔雀型的。

　　红玫瑰，白玫瑰，你懂的，呵呵。

两分钟驻足思考　你是老虎、孔雀、考拉，还是猫头鹰？

九 现在，发现你的优势

管理学大师彼得·德鲁克在《卓有成效的管理者》一书中写道，**作为一个有效的管理者，必须在思想上养成一个习惯，那就是把工作建立在自己的优势上，集中精力于少数关键领域。**

而全球知名的民意测验和商业研究咨询机构盖洛普公司经过三十几年的研究发现，大部分组织的做法，和德鲁克的理念背道而驰。很多公司会认为：

1. 每个人都能学会做好几乎任何事。

2. 每个人最大的弱点就是他进步的最大机会。

公司会花更多的钱培训已被录用的员工，而不是先把他们选好，因为公司相信经过培训，每个人都会把工作做好。公司会将大部分培训时间和资金花在弥补员工的技能欠缺上，这成了员工个人发展计划里的"改进区域"，也就是员工的弱点。

弱点是容易改善的吗？从我个人的经历看，一个人的弱点很难有明显或大幅的改善。我曾经负责过员工发展计划项目，这个项目里有一个表格，涉及员工的优势和劣势。同一个员工，年复一年，这两方面的内容几乎是一样的。尤其是劣势一栏，去年要提升的领域是沟通，今年要改善的还是沟通。即使参加了所谓的有效沟通培训班，改善的效果也不是很明显。

也就是说，大部分公司对员工的优势不假思索，转而关注如何消除其弱点，对员工痛苦挣扎的领域兴趣盎然。针对这个倾向，盖洛普公司总结出职场经理人应该遵循的两大理念：

1. 每个人的才干都与众不同、经久不变。

2. 每个人最大的成长空间在于其最强的优势领域。成功之道在于最大限度地发挥优势，将弱点控制在一定范围内。

那何为优势呢？在盖洛普公司出版的《现在，发现你的优势》一书中，对优势的定义是：做某件事的持续的近乎完美的表现。用通俗的话说，就是你天生能做一件事，不费劲儿，却比其他一万个人做得好。比如泰格·伍兹超凡的长射和进洞技术，比尔·盖茨将发明转化为便于用户操作的产品的天才都是优势。

优势包含三方面内容：

· 才干（Talents）：是你油然而生并贯穿始终的思维、感觉或行为模式。

· 知识（Knowledge）：是由所学的事实和课程组成的。

· 技能（Skills）：是做一件事的步骤。

虽然三者作为原料对建立优势都十分重要，但其中最重要的是才干。才干是天生的，而知识和技能通过学习和实践而获得。比如，据理力争是一种才干（书中把这个才干定义为"统率"），而作为销售人员，成功销售的能力是一种优势。为了说服别人买你的产品，你必须将你的才干与产品知识和某些销售技巧相结合。又如，演讲和培训的内容，需要知识的积累。你掌握了演示的技能步骤，但没有沟通和表达的才干，只能成为一个一般的培训师，累死也没办法达到大师的境界。正如学会一种语言的语法并不能帮助你写出漂亮的文章一样，学会一种知识和技能并不一定导致任何一种活动的完美表现。如果没有必需的才干，学会技能只能保证成活，却不能确保成功。

那你的优势是什么呢？在《现在，发现你的优势》一书的封面内页，随书赠了个密码，用这个密码登录相应网站，你就可以对自己进行优势测试了。盖洛普将人的优势概括为包含沟通、统率、责任、战略等在内的 34 个主题，网络测试会给出你的五大天赋优势及解释。这里分享一下经过盖洛普测试发现的我的五大优势：

· **完美**。你的标准是优秀，而不是平均。把低于平均的业绩稍微提高到平均之上，远比不上把本已不俗的业绩转变成出类拔萃更让你激动不已。如同一名打捞珍珠的潜水员，你四处搜寻优势的蛛丝马迹——无师自通，一学就会，掌握技术浑然天成。所有这些都说明某种优势在起作用。发现优势后，你感到必须培育它，改进它，将它充分发挥，直到炉火纯青。你不停地摩擦珍珠，直到它银光四射。由于你对优势情有独钟，别人会认为你不能一视同仁。你更愿与善于欣赏你优势的人相处。同样，你喜欢结交发现并培养自身优势的人。你避开力图修理你、使你样样精通的人——他们也许能找到其他人来培养"全才"，你不想终生哀叹自己的欠缺。相反，你想发挥你的先天优势，这样更开心、更有效。

· **积极**。你慷慨赞人，笑容可掬，不失时机地捕捉幽默。有人说你无忧无虑，还有人但愿能像你一样乐观豁达。无论怎样，人们喜欢与你相处。有你在，他们的世界就更加美好，因为你的热情是如此富有感染力。由于缺乏你的精力和乐观，有的人感到他们的世界重复而乏味，甚至压力重重，你似乎总能设法活跃他们的心灵。你为每个项目注入欢乐，你庆祝每一项成就，你千方百计地使每一件事都生机勃勃、激动人心。你内心深处确信，活着无比美好，工作充满乐趣，无论遇到什么挫折，都不应失去幽默感。

·**前瞻**。"如果这样，那该多好？"你是个喜欢遥望天际的人，未来使你着迷。未来如同墙壁上的投影，在你眼中惟妙惟肖，这幅细致入微的图画催你奋进，奔向明天。虽然未来图景的具体内容取决于你的其他优势和兴趣——更好的产品、更好的队伍、更好的生活或更好的世界，但它将永远给你以灵感。你是一个幻想家，能看到未来的种种可能，并珍视这样的想象。当现实使你一筹莫展，而你周围的人又过于世俗时，你就会唤起对未来的憧憬，继而精力倍增，同时振奋别人。事实上，人们往往期待你描述对未来的种种遐想，他们希望看到一幅画卷，来提高他们的眼界，继而燃起激情。你能为他们描绘这幅画卷，不断实践，字斟句酌，越生动越好，人们将拥抱你所带来的希望。

·**思维**。你喜欢思考和思想活动，例如，你可能努力解决一个问题，或酝酿一个创意，或了解另一个人的感受。另一方面，这种思维活动很可能漫无边际。思维的主题并不一定限定你思考的具体内容，它只是说你喜欢思考。你是一个喜欢独处的人，因为这样你才能沉思冥想。你性格内向，在某种意义上，你是自己最好的伴侣。当你把自己的实际作为与你所思考的所有想法相比时，你的这种自省可能会使你略有不满。但此种自省也可能导致你关注现实问题，例如当日所发生的事件，或你准备进行的一场谈话。无论它把你引向何方，这种不停的思考是你生活中的一个固定内容。

·理念。你为理念而痴迷。什么是理念？理念就是概念，就是对大部分事件的最合理的解释。当你透过复杂的表层，发现一个精彩而简明的概念，继而解释事物的本质时，你会喜不自胜。理念是一种关联，你的头脑总在寻找关联，因此，当表面截然不同的现象被某条不起眼的纽带联系在一起时，你会感到新奇。一个理念是对习以为常的挑战的全新见解，你乐于将我们熟知的世界转一个圈，让我们从一个陌生但充满新意的角度看它。你喜爱所有这些理念，因为它们深刻，因为它们新颖，因为它们能正本清源，因为它们引发争论，因为它们怪诞。由于所有这些原因，每当你产生一个新理念时，你都为之一振。别人可能视你为锐意创新、标新立异、富于理性或聪明之人。也许这些你都是，谁能说得准呢？确信无疑的是，理念使你激动不已，而大多数日子里，这就足够了。

哈哈，边说上面这五个优势，边忍不住心中窃喜，都是好话啊。没错，因为是优势测验，不是缺点测验，你得到的结果都会这么好听。不过，我觉得上面这些好话都挺适合我的，我喜欢这么想，因为，我的第二个优势就是"积极"啊。

了解自身的才干十分重要，可以为你的职业规划做参考。弥补缺陷，从来不会将你引向卓越。如果你从事的工作，能够充分发挥你的天赋，你将轻松自如、木秀于林、出类拔萃。

两分钟驻足思考　要不要买本书来测试一下你的五大优势？

（注：要测试自我的优势，需要买《现在，发现你的优势》一书获取网络密码。我可没有借机推销该书之意，那书和我半毛钱关系都没有。）

⊕ 让英语成为你的升职利器

之前在香港，用英文给全球销售最大的脑袋们做了一天培训，包括销售的 VP 和各洲的销售总裁。效果还不错，学员对我给了较高评价。

想当初，我的英文水平真是很一般。大学时专业是商务英语，可到了毕业，连专业四级都没过。工作五年之后，加入法国阿尔斯通。记得第一年绩效评估时，我的老板还把英语定为了我提升的方向，说你的英语真不怎么样。

而到了 2007 年，我代表公司去法国，竞争沟通活动"最佳实践奖"（the Best Practice）。面对 300 多名老外，我做了 10 分钟的演讲，最后捧回了这个奖项。而我是当天演讲选手的中，唯一英文不是母语的选手。工作的第 12 年，我已经可以用英语做培训了。慢慢的，英语成了我职场中的一大优势。现在，就学习英语这件事，分享一下我的体会。

首先来谈谈有没有必要学好英语。相信大部分人都会觉得学习英语很有必要，可也有少部分人，甚至包括少数外企员工，却秉持着这样的信念：英语不行，可现在工作生活也不错啊，so what（那又怎么样）？

对于有这种"so what"思想的人，我通常不屑多费口舌。这类人，用我们东北话说就是滚刀肉，任你再怎样舌灿莲花、唾沫横飞，都无济于事。一切改变都是由内而外发生的，我们永远无法叫醒一个装睡的人。

　　引用蔡康永的一句话表达我的观点：15 岁觉得游泳难，放弃游泳，到 18 岁遇到一个你喜欢的人约你去游泳，你只好说"我不会耶"。18 岁觉得英文难，放弃英文，28 岁出现一个很棒但要会英文的工作，你只好说"我不会耶"。人生前期越嫌麻烦，越懒得学，后来就越可能错过让你动心的人和事，错过新风景。

　　我们应该把 so what 的思想，换成这个问题：如果我学好了英文，那会怎么样？这种积极的思考方式，一定会带来积极的结果。英文，也许一直用不到，但某一天真需要的时候，希望你会发出"My god，幸好我一直坚持学英语了"的感叹，而不是"Shit，以前学学英语好了"的叹息。

　　既然英语该学，那么该怎么提升兴趣呢？为什么很多人坚持不下来呢？

　　我的建议是，别把学好英语本身当成目标，而把使用英语这个工具、拓展自己的知识面和视野作为目的。比如，我喜欢听《空中英语教室》和《空中美语教室》的节目，很小部分的原因是练习听力，最大目的是增广见闻。比如，有次我在节目中听到一个很有意思的说法，解释为什么女孩通常喜欢粉红色，男孩通常喜欢蓝色。原因是原始社会时，女性负责采摘果实，一般粉红色的果实就代表成熟了。而男性负责打猎，蓝色代表天空晴朗，意味着今天是个适合狩猎的日子。久而久之代代相传，人类就在骨子里留下了女孩喜欢粉红、男孩喜欢蓝色的基因。这些内容是不是比英语语言本身有意思？

　　从 2011 年开始，我也阅读一些原版教练方面的书，顺带就学英语了。所以，把英语当成工具，当成瞭望世界的窗户。英语永远都是工具，我做演示能获奖，做培训可以得到好评，是因为演示和培训内容的设计，是因为演示技巧，是因为幽默，是因为思想本身，而不是因为语言。语言是成功的必要条件，但不是充分条件。

现在谈谈怎么学英语。

·第一，别相信各种培训班，要自学。我这些年在公司给员工组织了太多的英语培训，几乎没见过谁上过培训后有明显的提高，绝对没有。学英语，如同背地里见不得人的事，要偷偷摸摸坚持不懈地用功，培训最大的收益也许就是给一些好的方法。

·第二，教材不重要。许国璋也好，新概念也好，你能深深整透一本，你就是英语牛人了。如果你能做到像李阳一样疯狂，他的教材也可以啊。每种教材都浮皮潦草、蜻蜓点水、浅尝辄止，最后就是半吊子。

·第三，听，是必须的。我最喜欢的网站是"听力特快"（http://www.listeningexpress.com），下载中心里的"空中英语教室"和"空中美语教室"是我的最爱，文章很短很精彩，中间还有中文解释，分高、中、低三级，适合各种水平的人群。每期节目半小时，是居家、旅行、坐班车必备之良品。

·第四，多读，大声朗读。千万别抱怨没有英语环境，没机会练口语。只有对自己不负责的人才找这个理由。即使工作在外企，如果你的老板不是外国人，你说英语的机会也是寥寥无几。你看有好多高中生，也没出过国，也没在外企工作过，那口语不也是小河流水般哗啦啦？我建议通过多读练习语感，大声朗读，让口腔的肌肉适应英语发音。大声朗读一直是我多年学英语的法宝，多读可以避免张嘴时结结巴巴，读多了，说得自然就不是问题。我曾经喜欢读 China Daily，找篇文章就读。现在喜欢在 www.businessweek.com，wwwtimes.com 上面下载些管理类的短文，打印出来朗读。还是那句话，了解内容是目的，学英语是顺带的。

　·第五，记忆些单词是必要的，但单词不用太难。
　·第六，写。能写基本的邮件就好。

　　最后，分享一个学习英语的无敌秘诀，这个我轻易不外传。如同马三立的相声，治疗痒痒的秘方，打开一层一层小纸包，到最后写着俩字：挠挠。

　　学好英语的无敌秘诀，也就两个字：坚持。有些员工总请教，说我的英语怎么就提高不上去呢？我会问：你坚持了吗？员工说：坚持了。我再问：你真的坚持了吗？员工就心虚了：我，唉，坚持了一段时间，没坚持住。

　　谁都可以学好英文，只要你坚持。你看罗永浩那个小胖子，高中辍学，在社会晃荡好多年，28 岁闷头儿搞了一年，从最头疼英语的人成了新东方的 GRE 老师。

　　我毕业的第三年，开始捡起英语。当时在第一家公司，每天早晨我骑车第一个到办公室，拿 *China Daily* 到大厦的走廊里大声朗读。后来开始练听力，每天至少听半小时。接下来的 10 年到现在，我不敢说每天都在学英语，那是吹牛了，但的确从未间断。如今英文不敢说有多好，但比大学时候的水平强了很多，工作足够用了。

学英语不是一个短期就能见效的工程，很多人在还没养成习惯前就放弃了。就像培养任何一个习惯一样，每天找个固定时间，学一会儿英语，坚持一段时间，慢慢你就不难受了，学英语就成了例行公事。直到哪天没听、没读点英语，就感觉浑身难受，那时候，习惯就养成了。

把每天晚上在网上刷微博、打游戏、闲逛的时间，拿出半小时读英语。再在上下班的路上，用 MP3 听半小时英语，这样一天就有一小时是泡在英语里了。你坚持一年，再看看自己的水平，必定有提高。

如果有一天，别人问你有什么业余爱好，你能说我的爱好是学英语，那你基本就成了。

有记者问科比·布莱恩特："科比，你为什么如此成功？"科比反问记者："你知道洛杉矶凌晨四点的样子吗？"记者摇摇头。科比说："我知道洛杉矶每一天凌晨四点的样子。那时候，我已经开车去球馆练球了。"

科比有打篮球的天赋，但没有如此辛勤的练习配合，天赋是成不了优势的，他绝对不会有如此的成就。

对普通人更是这样，成功没有捷径，必须付出。而成功只需要两步，一步是开始，另一步是坚持。

关于学英语，你不用寻求任何人的建议。如果你没有坚持，有好的方法也没用，一切都该反躬自问。

如果你坚持了，你的英语就一定可以学好，就用不着再找别人寻求建议了。

两分钟驻足思考　如果你对自己的英语水平不满意，请扪心自问，坚持学了吗？真的坚持了吗？

第四章
让老板成为贵人

把 每 一 天 ， 当 作 梦 想 的 练 习

一 责任感是第一法宝

责任心是第一执行力

2005 年圣诞节那天，受公司财务部门邀请，在天津远洋宾馆，我为财务部全体员工培训公司价值观。

培训开始，财务副总 Anita 别出心裁，送给每位同事一只红袜子做礼物，里面装着糖果，外面挂着一张小卡片。卡片上根据每个人的特点，写着"勤勤恳恳""勇于担当""合作楷模"一类的话。

给每个人送完后，Anita 也递给我一只红袜子。她说：今天我们也为讲师 Winter 准备了一只袜子，这上面写的是"废寝忘食"。大家可能也知道，公司 9 月曾主办过一个"全球水电技术研讨会"，那次会议非常成功。作为总协调人的 Winter，研讨会当天凌晨两点半就到达现场做准备，所以我们要把"废寝忘食"奖颁给他，感谢他的负责和敬业！

我是 2005 年 6 月加入那家法国公司的，9 月 12 日，公司要承办集团的"全球水电技术研讨会"。我是培训主管，兼职负责沟通，所以成了那次活动的总协调人。这次会议级别很高，参加会议的人员包括天津市副市长、全部的国内重要客户（都是大的电力集团）、部分国外客户、公司电力集团所有老大。

所以，当时的总经理 Anders 非常重视，他让我和他的助理 Jasmine 负责整个活动，要求只有一句话：与众不同，给嘉宾留下深刻印象。意思是，我们一定要做一场特别的活动，让那些曾经见过无数大场面的嘉宾眼前一亮，觉得只有到我们公司，才能有如此的经历和感受。

到今天为止，我不得不承认，丹麦人 Anders 是我见过的最有创造力的领导，我从他身上学到了太多的东西。

当然，在这样的老板手下做事，也意味着压力：你不能只把工作做到 60 分，一定要有创意，从一般做到优秀，才能令他满意。

经过整个团队的不断策划，我们和 Anders 确定了这次活动的几个亮点（不得不说，大部分亮点都是 Anders 的主意。那时，我刚加入公司三个月，还没进入状态，基本是听吩咐）：

· 在主会场，也就是员工餐厅的入口，竖立一面书法墙，请人书写毛主席的《水调歌头》，就是他老人家写"巫山云雨"的那首，该词的结尾是"高峡出平湖。神女应无恙，当惊世界殊"。我们公司给三峡大坝提供产品，这词正切合主题。

· 租借电瓶车，就是各大城市步行街上跑的那种，在公司厂区内接送嘉宾。

· 在室外，定子机座里用午餐。定子机座是我们产品的一部分，一个直径为 24 米、高约 5 米的钢质圆柱体。

到 9 月 11 日，准备工作全部到位。

可那天晚上，作为总协调人的我辗转难眠，11 点左右上了床，怎么都睡不着，脑子里全都是第二天的活动，生怕哪个环节出现纰漏。

凌晨两点，未曾合眼的我干脆爬了起来，到卫生间梳洗。正洗脸呢，老婆进了洗手间，迷迷糊糊地说：几点了？天亮了吗？我回答：没有，没有，早着呢，你接着睡吧，我去公司了。

下楼，外面一片漆黑。我走到街上，等了半天，才过来一辆出租车，我上车直奔公司。到公司门口，我敲了敲保安办公室，值夜班的保安一骨碌从椅子上惊醒，愣了会儿神，才反应过来，开门把我放进去。

在主会场，我坐在主席台的红毯上，拿出纸笔，一项一项地列计划：6 点，礼仪公司到厂，布置氢气球；8 点，大巴车到酒店接嘉宾；9 点，活动开始；12 点，午餐……

那天的客户研讨会十分成功，每个环节都很顺畅。我们精心策划的亮点也达到了预期的效果：嘉宾们纷纷在"巫山云雨"书法前合影留念；带着我们 logo 的电瓶车跑在厂区里接送嘉宾，成了一道独特的风景；在定子机座里吃着喜来登酒店提供的自助午餐，成了嘉宾独特的记忆。

活动结束时，总经理 Anders 的老板的老板——全球电力集团总裁 Jubert 过来和我握了握手。后来，他的办公室特别给天津公司发了邮件，赞扬了我们的新奇创意和出色组织。

第二年，电力集团在巴黎举办沟通大会，会上要评选沟通活动的 "the Best Practice"。我在会上介绍了这次活动，击败了全球的其他 40 多项活动，为天津捧回了这个最佳奖项。

废寝忘食，并不值得鼓励。但体现出的那份责任感，可以保证我们把事情做好，也可以提升领导对我们的信赖，增强可信度。

把事当事、尽力做好的精神，那份"甭管了，交给我"的负责态度，是职场的第一法宝和利器。

两分钟驻足思考　你是一个有责任感的员工吗？

二 使命必达

　　三亚的一些海滩，很美。尤其是那些高级酒店的私家海滩，维护得十分精心，游客还少，就更美了。

　　夜晚，在这样美丽的海滩上，听着潮声，吹着海风，喝着啤酒，来一场烧烤怎么样？

　　不错的想法吧？呵呵，但一般来说，这个想法实现不了。三亚的高级酒店，通常是不会在私家海滩上搞烧烤的，也不会同意客人自己烧烤。这主要出于安全考虑：串烤肉的竹签子，一旦埋在沙子里，很可能扎到其他游客的脚。

2007 年 11 月，我上一家公司的 Management Workshop（外企的高级管理层会议，通常是组织一些管理培训，或讨论一些管理议题，如公司的战略计划、目标执行、文化建设等）选在三亚的一家酒店召开。那时我是培训主管，负责管理会议的组织和协调。

三天的会议，刚到三亚，看到美丽的沙滩，总经理 Anders 来了兴致：Winter，最后一天晚上，我们就在沙滩上搞 BBQ（烧烤）。

Anders 是丹麦人，头脑十分灵活，总是有很多新奇的想法和创意。对于他的心血来潮，我习以为常，听到吩咐毫不犹豫，得令后转身而去。

任务接受得快，执行时才知道麻烦大了。我和酒店负责我们团的销售 Shirley 一沟通，她就说没戏，出于安全考虑，在沙滩上肯定不行。酒店本身也有 BBQ，但都是在指定的草坪上搞。

我跟 Shirley 说，别说没戏啊，找找你们领导。Shirley 带我去见了销售经理，然后又见了销售总监。得到的答复都是 No，这肯定不行，但可以在草坪上烤，需要什么酒店都可以协助提供。

这个时候，我该怎么办？如果是你，你该怎么办？

我完全可以回去禀告 Anders，你的主意很好，但行不通。

BBQ 最后还是可以搞，在草坪上，然后 Anders 稍许失望而已。

那会儿我也是犹豫摇摆，但最后还是决定继续尝试：**老板要的，我一定努力帮助实现，不到最后不能放弃，使命必达！**

于是，我对 Shirley 说：这个海滩烧烤，我一定要搞。这件事，我还可以找谁？谁在这件事上还有影响力？

Shirley 是个很 nice 的姑娘，她说，要不您再找找我们总厨，总厨负责酒店所有的餐饮，烧烤也在他的负责范围内。

胖胖的总厨，态度很和蔼，但听了我的想法也说不好弄。就在和总厨聊的过程中，我看到了后厨里装龙虾的玻璃缸，忽然灵机一动。Anders 在交代我任务时，提到说烧烤一定要烤龙虾。当时公司有个制度，平时管理层开会，迟到是要罚款的。经理和总监迟到，罚 50，总经理和副总迟到，罚 100。无论是谁，无论什么原因，迟到就罚。长期下来，也积攒了几千块钱，Anders 说就用这个罚款吃龙虾。

我问总厨：您这儿的龙虾，多少钱一斤？总厨说：这些龙虾，每只一斤多，250 块一斤。（这个数字我具体记不清了，我们就用 250 吧。）

我说：知道了，Shirley，我们走吧。

过了大约半小时，我自己又回来，找到总厨，说：总厨，咱商量一下，您同意帮我在海滩搞烧烤。烧烤一共 40 人，要用 20 只龙虾，您帮我买，就按 250 块一斤计算。我不管您的龙虾从哪里来，最后给我开发票就行。

这个提议，总厨很乐意地答应了：酒店标 250 块，他从自己的渠道进，会远远低于这个价格。他又主动帮我列了其他清单，蔬菜啊，烧烤调料啊，什么的。

我说：蔬菜啥的，您一并帮我买了，开发票就行。

他很乐意：好，到时候我给你出两个人，我也过去。所有要烤的东西，都洗好切好串好，所有调料我都给你准备好！

齐活儿！

我又打车去市里，到一家杂货店，买了四口锅、四张烧烤网、两袋炭、一些酒精。

是夜，月白风清。

沙滩上，凉风习习。四口锅，四锅炭火，四群人，四处欢歌。

不知道喝光了多少红酒，又喝干了多少啤酒。

很多男经理，喝得脱去了 T 恤，赤裸了上身；几位女经理，也脱去了 T 恤，赤裸了上身。

没有，没有，写错了。几位女经理也喝得满脸红晕，不知所云。

海滩上，三天来正襟危坐、论战略谈目标的外企精英，横七竖八，或坐或卧。

酒店销售经理、销售总监先后来过，跟我说立刻停止烧烤。

我举起手中的啤酒瓶，指了指在旁边挥舞菜刀帮我们砍龙虾的总厨说：来来来，不要停吧，一起喝！

生米煮成熟饭，他们也只好作罢。

总经理 Anders 过来，搂住我的肩，和我碰杯。

他指着海滩上东倒西歪的经理们说：这就是我想要的，work hard，play hard（拼命工作，尽情享受）！

我说：老板，你知道，这里是不让 BBQ 的。

Anders 一饮而尽：哈哈，我知道。我更知道，你可以做到，我可以 rely on you（指望你）。

老板要的，希望下属能给。

他要的是结果，不是那些"太难了""不可能""没办法"。

竭尽全力，使命必达！还有什么样的老板搞不定呢？

我也一饮而尽，饮下的是成就感，是满足，是骄傲。

两分钟驻足思考　　老板期望的，你做到使命必达了吗？

三　Wow，超越老板期望

2008 年，公司把 Management Workshop 选在了天津宝坻的京津新城凯悦酒店。这个酒店建得很漂亮，像童话里的宫殿。

总经理 Anders，我的直接老板、HR 总监 Susan，和我这个培训主管兼后勤部长头天下午到达酒店，在酒店的大厅确定三天会议的细节安排。对会议内容，我没啥发言权，搞定了餐饮住宿后，我就喝着茶陪两位老板坐着。

丹麦总经理 Anders 脑子忽然又开始冒坏主意了：Winter，明天一早，大家到达时，我不想让他们直接来酒店会议室。附近有个村子，你看能不能把他们先拉到村子去，抓头猪啊，干点农活儿啥的，然后再回来。

他抬腕看了下表：哦，已经三点了，算了，恐怕你来不及。

我的老板 Susan 也向总经理护着我：你要有想法，就早说啊，现在 Winter 没时间准备了。

我说：反正这会儿我也没事，我去试试。Anders，你想让大家抓猪是吧？

Anders 一听挺高兴：抓啥都行啊。我的目的是让大家放松，你搞啥都行。就两条原则：make them dirty（把大家弄脏），have fun（开心）。

从凯悦出来，我走向大约 1.5 公里外的村子。一路琢磨，该干点啥，大家才能脏并快乐着。

更主要的是，在这么短的时间内，即使我有了想法，我可以去找谁帮我来实现。

转眼到了村口，我驻足在那里观望了会儿：这个任务，该从哪里开始行动？

我顺着主要的街道往前走，看到了一家叫"春旺"的食杂店。食杂店通常是一个村子各类人群的集散地，或许能从那里突破。

我进了食杂店，向老板娘买了一盒 20 多块钱的烟。平时不抽烟的我，撕开烟盒，抽出一支借了打火机点上，开始有一搭没一搭地和老板娘聊天。

话题从村里谁家养猪开始。老板娘说现在都不养猪了，村西头倒是有两家养羊的。我心中窃喜，太好了，抓羊也行啊，反正都是畜生。

如果抓了羊，怎么往酒店弄呢？我又谈到村里都有啥交通工具，老板娘说就有几辆手扶拖拉机。我问都谁家有，她说隔壁王大哥家就有啊。

我抽完一支烟，从食杂店出来，直接拐到了隔壁老王家。幸运的是，老王在家，在院子里晒玉米棒子。

我自我介绍是隔壁老板娘介绍来的，要租车。递上烟之后，开始和老王直奔主题。

我的要求是：明早九点，村口给我备三辆手扶拖拉机，能拉人的，三位司机在"春旺"食杂店等候吩咐；帮我向养羊的人家借三只羊，到时候我们自己去羊圈抓。就从村子开到凯悦，大约用车一小时，王师傅，你觉得租车多少钱合适？

老王抽烟合计了一会儿，回答说：租三辆车得 400，养羊那家是我亲戚，应该不用花钱。你们就是借，不会把羊给吃了吧？

我说：不会不会，我们那些人都信教，吃素。这样，我给您500，今天先付 200 定金，明天租完车再付另外 300。

互留了电话，从老王家出来，我如释重负。到羊圈抓只羊，坐着手扶拖拉机去星级酒店，大家应该可以脏并快乐着了。

往回走的路上，觉得光抓只羊，这个活动有些单薄。我突发奇想，掏出电话打给老王：我再给你多加 100 块钱，你再借给我一些院子里的玉米棒子和后院的白菜。

回到酒店大约下午五点，Anders 和 Susan 听了汇报十分满意，没想到，我会在这么短的时间内搞定一切。

第二天早上，大客车将所有高级经理扔在了村口。我随机地将他们分成三组，每组给了一个信封，里面有他们要完成的任务：

· 找到一家叫"春旺"的食杂店，买不低于20块钱的东西，老板娘就会给每组派一位高级交通工具司机；

· 小组成员每人亲手收割一棵大白菜；

· 小组成员每人掰10根玉米棒子；

· 每组抓一只会叫"妈妈"的动物。

各组完成的项目相同，但次序有差别：有的先割白菜，有的先掰玉米棒子，有的先抓动物。最先完成全部任务回到村口的小组获胜。

大家接受任务后分头行动，呼啦啦四十来人冲进村子。Anders也赶来凑热闹，举着摄像机跟拍。

大约一小时，三组都完成了任务，坐着拖拉机返回。

三辆手扶拖拉机组成一支车队，车上拉着玉米棒子，大白菜，十分茫然、不知所措的绵羊，还有嘻嘻哈哈、脏并快乐着的高级经理们，浩浩荡荡开往那童话般的凯悦酒店。

在车上有个经理说：Winter，你太坏了，让我们抓一只会叫"妈妈"的动物。我在村里看到一个妇女抱孩子，上去就要抢，以为是你安排好的。谁知道，是会叫"咩咩"的羊啊！

到达酒店，我支付了费用并遣散了车队。经理们从大巴上取了行李，check in，换了衣服，进入会议室开始三天的会议。

会议开始前，Anders把摄像机连在了投影上，画面完整记录了大家在村里的"土匪"行径，视频里抓羊的过程逗得我们哈哈大笑。画面最后定格在浩浩荡荡的车队上面：我坐在第一辆拖拉机的翅膀上面，指挥着行进的方向。

Anders 说：我提议大家把掌声送给 Winter——这个 talented young man（有才的年轻人）。他昨天下午开始筹备这个活动，我和 Susan 没有期望他能做得这么好，我们都应该谢谢他！

掌声一片，还有赞赏的目光。我站起来说：谢谢，这是我应该做的。

那次管理层会议不久，老板 Susan 决定提升我为培训发展经理，总经理 Anders 顺利批准。

2005 年，我加入公司时，是那家世界五百强企业最年轻的主管。2008 年，我被升职，是当时那家公司最年轻的经理。

我们日常的绝大部分工作，只要完成就好。也就是把工作做到一般，60 分就够，不必完美。

而有些工作，可以稍稍多花些心力，从及格做到优秀，超越老板的期望，让老板感慨：Wow，我没想到你能做这么好。这样的闪光时刻，必定会在老板心里留下深刻烙印，为你的形象大大加分。

两分钟驻足思考　你手里的哪项工作，可以做到让老板由衷地说 Wow 呢？

四 主动沟通可以解决90%的问题

再接再lì 的lì，到底是哪个lì？

是"励"，还是"厉"？

在第一家公司的时候，我曾经负责月刊编辑，每期月刊的第一版，通常是老板写的导向性文章。

这篇文章通常是由副总经理尹总来写，他在纸上手写，然后由我输入电脑。

有一期文章，他的主题写的是"再接再励，再创辉煌"。我看到手稿时，就觉得"励"应该为"厉"，用电脑一敲，果然应为再接再厉。

　　等我编辑排版之后，将月刊初稿交尹总审核。他审核后给我时，在这篇文章题目的"厉"字上画了个圈，说你打错了，这个应该是"励"。

　　我说：电脑上是厉害的厉。尹总说：电脑也不一定对吧。我觉得是鼓励的励。

　　他和我说这话时，我周围还有其他人，于是我说：哦，知道了。

　　那天我纠结了一个晚上。该进一步告诉他这个错误呢，还是就听他的，反正我打字时纠正过了，他自己认定了。

　　第二天一早，我进了尹总办公室，拿着从家里带来的很厚的一本《现代汉语词典》。

　　我翻到折好的那一页给尹总看：尹总，我没别的意思，只是想给您看下，应该是"厉害"的"厉"，很多人确实容易混淆。

　　尹总稍稍有些不好意思：哦，是嘛，还真是。我一直觉得应该是鼓励的励。谢谢你坚持提醒我，我这回记住了。你这个编辑还挺负责。

　　我用主动的沟通，换取了老板的信任。

　　前面几篇文章，写了我在第二家公司，也就是那家世界五百强公司成功组织 Management Workshop 的事，看起来很嘚瑟和风光。其实，我于 2005 年 6 月加入那家公司后的三个月内，非常难受，境况十分困顿。

　　当时，我的 HR 老板 Susan 是一个很强势的女老板。她正直坦率，一旦我们这些下属犯了错误，她习惯劈头盖脸、直截了当地批评，毫不留情。这和我在第一家公司时的老板 Jenny 形成了鲜明对比，Jenny 和蔼温婉，十分 nice。

我是个很积极主动的人，到一家新公司，很想多做些事，尽快证明自己。问题是，两家公司文化不同，潜在规则迥异，我用的还是在上一家公司的工作方法，在这里往往行不通，所以几次都没让 Susan 满意。

于是那段时间，她经常批评我，而我自尊心又很强，实在受不了了。

那三个月，我精神萎靡，早晨不愿上班，下午盯着钟表，只恨时间过得太慢。

我屡次萌生退意：看来是和这个老板八字不合啊。反正还在试用期，猪八戒摔耙子——不伺猴儿（候），老子不干了。此处不留爷，自有留爷处。处处不留爷，爷当个体户！

冲动过后仔细思量，还是不能辞职：这个世界五百强公司，平台确实不错。而且当时我是那家公司最年轻的主管，确实有较好的发展前景。

可是，总这样挨训也不是事儿啊，我又不是受虐狂。

鼓了好几天勇气，我决定找 Susan 谈一谈。

一天早上，我敲开 Susan 的办公室：老板，您有时间吗？我想和您聊一聊。

Susan 稍稍有些惊讶，停下手里的活儿：嗯，什么事？

我坐下，犹豫了一下，鼓起勇气说：我来了三个多月了，想跟您聊聊咱们对待彼此的方式。

　　Susan 说：哦，你想说什么？

　　我说：是这样，我很珍惜现在这份工作，也很努力想把工作做好。近来因为方式方法问题，犯了一些错误。而您对我的批评，我觉得太直接了。我的自尊心很强，很爱面子，觉得挺受不了的。

　　Susan 说：啊？我以为你们男孩子坚强些，说白了就是脸皮厚一些，所以我才那样。

　　我说：是，我明白您的用心，您不客气地指出我们的问题，是为我们好，为工作好。只是我可能自尊心太强了，您看以后能稍稍调整一下对我的方式吗？可以指出我的问题，我一定改，但方式温和委婉些。

　　Susan 说：好啊，我会注意我的方式。但也可能习惯了，一时改不了，如果再批评你，你也别太往心里去。你要知道一点，我对你没有成见，只是对男孩子更直接而已。

　　从老板办公室出来，我长长舒了一口气。

　　Susan 作为五百强的 HRD，真的非常专业，而且是我遇到的最正直的老板。那次关键性的对话后，她果然调整了对待我的方式，即使我有问题，她也只是就事论事，再也没有像以前那样说过我。

　　经过磨合，我们的上下级关系日趋良性，我的工作状态也越来越好，渐入佳境。

　　2009 年，Susan 被提升，到中国区就职，离开了天津公司，base（工作）在上海。

　　2010 年 1 月，我被猎到了现在苏州这家公司。当时在北京的壳牌和这家公司间做选择，还曾给 Susan 打过电话咨询该如何决定。

　　2010 年底，去上海和 Susan 见面。她说：正在着手组织机构的调整，中国区现在有一个培训发展的职位，如果你在，我第一个会想到你。

　　我笑说：谢谢。我在苏州，挺好的。哪天混不下去，一定回去找您。

　　我和 Susan 的那次沟通，带来了双赢的结果：我得到了期望的对待方式，公司得到了我。

　　即使我不是人才，如果当时选择离开，公司起码也要付出时间和成本，去寻找我的替代者。

　　职场上，90% 的问题都可以通过主动沟通去解决。

　　沟通，无极限。

两分钟驻足思考　有什么困惑要和老板沟通吗？Just do it!

五　把老板当人看

五一回了趟天津，专程探望了我在第一家公司时的副总经理尹总——我的职业生涯里最重要的贵人。

2000 年我大学毕业，加入这家澳大利亚公司。作为管理培训生（外企很喜欢这个方式，从大学招些毕业生，到公司各个岗位轮训，一般是一年后，根据公司需要和学生的特质再固定岗位），经过一年的岗位轮转，我下定决心要留在生产部门干出个样儿来。

尹总非把我从生产部门捞出来，弄到行政办公室负责 ISO9000

质量体系和公司月刊编辑。我当时极其不情愿，甚至人力资源总监找我谈工作调动时，我直接拒绝了：一个大男人去办公室干什么？况且，当时的生产经理刘彤还有意培养我以后到另一个分厂做负责人。

后来，尹总到工厂找我：鹏程，听我的，跟我去办公室。生产部门不适合你，以你的性格和特长，还有你经常在月刊上写的那些文章，都告诉我，你更适合干文的，相信我的眼光。

我当时同意了，但不是因为他说服了我，而是因为他是副总，不听他的话，在哪个部门干最后都不会有好结果。

我在《职业生涯，有爱大胆说出来》一文中已经写过，再后来，我要转去人力资源部。尹总在他离开我们公司前的最后一天（公司由合资转独资，中方将不参与高层管理，作为副总经理的尹总就调离，去一家国企做了老总），帮我搞定了这件事，我直接去人事做了培训主管。这极大地推动了我的职业生涯发展，我没有培训经验，却直接做了主管。这为我在下一家公司成为经理，铺就了一级台阶。

尹总绝对是我的贵人，也是我的伯乐。五一见面时我还逗趣：您也算是慧眼识猪了，呵呵。

尹总是个很严厉的老板，爱批评人。尤其是对年轻人，看到不顺眼的地方，拉过来就训一顿。

他的理论是：我是对你好，所以才说你。可这些年轻人受不了啊，都怕挨说，见到他都远远躲着。

我当时算是例外，尹总对我相对温和。和我一届到公司的同事经常拿话挤对我：唉，没办法，尹总真是喜欢你。

尹总确实相对偏爱我一些，我想，是因为我拿他当人看。

我的意思是，拿他当普通人看。不是领导，不是权威，而是拿他当一个也需要关怀、需要爱、需要肯定的普通人看待。

我在办公室工作的时候，有机会接触到所有员工的出生日期。

那是个 5 月，有一天下班我没有急着回家。而是出去到商店买了张生日卡片回来。第二天，是尹总的 53 岁生日。

我趴在办公桌上，用心写下了我的祝福。那段时间，尹总每天很忙，而且他有肩周炎，发病时一只胳膊都抬不起来。我在卡片上大致写下了这样的话：尹总，明天是您的生日，衷心祝您生日快乐！工作是工作，也要注意身体，祝身体健康！

我用办公室备用钥匙打开了尹总办公室，把卡片压在了他的办公桌上的台历下面。

第二天一早，尹总到达办公室，如每天早上一样，关上门处理紧急文件。

不一会儿，他打开门叫我：鹏程，你进来一下。

我进到办公室，尹总手里拿着那张生日卡片：臭小子，你怎么知道我生日？

我说：哈哈，咱办公室的人，能查到所有人的生日啊。

尹总笑说：哈哈，好，谢谢你！哎呀，我都多少年没收到生日卡片了，连我老婆都不记得我的生日了。谢谢，你小子还真有心。好了，去工作吧。

我转身离开，回头带上房门时瞥见，尹总平时严肃的脸上，带着幸福的笑；眼角，有亮晶晶、闪烁的光。

每一个人的心上，都有最柔软的地方。

可能，越是和员工保持距离，越是高层，越是硬汉，越需要关怀，越需要爱吧。

试着去把老板当人看，当普通人看，去关怀他们，去爱他们。

唯一要记得的是：这种关爱，没有心机，无期许，不是为换取回报；这种关爱朴素、由衷，发自心底。

两分钟驻足思考   看看可以用什么方式，表达一下对老板的关怀？

六　我的工作我做主

前面写了几篇文章，是关于如何搞定老板的。这些文章围绕我在三家外企的亲身经历展开，不是王婆卖瓜，自卖自夸，而是因为我一直秉持一个原则：没有亲身经历，就没有发言权；道听途说，不如不说。

我现在在一家美国公司，老板是 Debra Schuler，四十六七岁，美国人。我俩关系十分融洽，大部分时间，我们不像上下级，更像朋友。

我于 2011 年 1 月加入这家公司，在 2012 年 2 月做年度绩效评估时，Debra 说很满意我一年的工作，尤其是我刚到公司一个月，在老板没有要求的情况下，就提出了中国区培训与发展三年规划，这种主动性（initiative）让她很欣赏。

其实我刚到公司的那个阶段，状况十分混沌。我的职位是中国区培训与发展经理，直接汇报给中国区人力资源总监 Sophie——新加坡人，年龄和 Debra 差不多；同时虚线汇报给 Debra——全球培训发展经理。

这个职位是 Debra 主张设立的，但她在美国，鞭长莫及，基本不管。职位又是新的，没人干过，所以尽管有 JD（岗位说明），直接管理我的 Sophie 也在探索中，没有给我特别明确清晰的任务。

入职一个月，就是晃晃悠悠的样子，我该怎么办呢？继续等着老板的指示，还是自己去规划我的工作，帮助老板蹚出一条路来？

　　我选了后者。用了大约一周，根据自己对这个职位的理解和近10年的培训发展经验，做出了几页 PPT——中国区培训与发展三年规划。内容其实很简单，我将自己的工作归纳为三个主要部分——Foundation（基础）、Training（培训）、Sharing（分享），然后阐述了我的计划——第一年如何集中精力打基础，培养团队和建立培训架构；第二年和第三年如何推行培训和建立分享的文化。

　　一年之后的现在看来，当时的这个规划总体框架不错，但细节部分有很多可以完善的地方。但在那时，当我发给 Sophie（半年后因为组织结构调整离开了公司）和 Debra 后，得到了两位老板一致的积极评价。而且她俩还都发给了自己的老板，说我很主动积极，并且有战略思维，擅长规划。（写到这里，脸红了一下。）

　　这里要分享的搞定老板的招数，就是主动积极地自己规划自己的工作，我的工作我做主，别等、靠、要。别像我们东北小孩冬天在冰面上抽的尜（gá）儿一样，抽几鞭子，就转几圈，不抽，就停下，偷偷懒。而要在尜儿里装一个自动马达，不管别人抽不抽，内心都充满动力地主动转。我的工作我规划，除了可以讨老板欢心、留给老板主动积极的印象外，对自己更是大有裨益：

　　·**可以增强工作的动力和新鲜感**。心理学早就告诉我们，自己想干的，比别人强加给你干的，你会干得更欢、更投入。同时，工作如果只是例行公事，久了就腻了。而自己主动去规划，就可以在枯燥的日复一日、年复一年的工作中增加新鲜感，降低职业倦怠感的产生概率。我在上一家公司法国阿尔斯通时，每年设定年度目标之际，都会主动和老板说今年我要新讲一两门课，这样就不会重复重复再重复地重复过去的日子了。

　　·**可以主动拓展职业领域**。我的工作我规划，不仅适用于规划如何干好本岗工作，还可以让你适当向你感兴趣的领域扩展。在上一家公司时，我的职务是培训发展，但那五年，我做过几乎所有岗位的招聘工作，还处理过员工关系。这些经历使得我对人力资源管理有了较全面的了解，能够涉猎这么多，完全得益于我的主动规划和老板的支持。**如果你今年用同样的方式，做着与去年同样的工作，你的今年就白过了。**职业生涯发展有三度，要么花精力在本岗求新求变加强深度，要么投入时间横向拓展增加宽度，要么就是停滞不前死路一条等着超度。

　　·**可以成为本岗的标杆和表率**。老板虽然是老板，但对我们负责的内容不一定比我们更专业。就在包括老板在内的大家都在迷雾中摸索时，如果我们能主动做出规划，说就朝那个方向走、就这么干吧，那得到批准和支持的概率会非常大，而且你不知不觉中就成了标杆和表率。现在我所在的公司，因为中国，尤其是苏州这家工厂的培训和发展团队总能在总部没有要求的情况下整出点新鲜玩意儿，负责全球培训发展的 Debra 经常写邮件给我们，说这边是全球的 role model（学习典范）。**主动规划，求新求变，慢慢就会不可替代。**

　　我的工作我做主，我的工作我规划，是非常好的习惯。从工作第五年起到现在，每年的工作方向和重点，基本都是我做出草稿，老板稍加修正和指点就执行了。工作性质不同，也许你的工作与我负责的培训发展相去甚远，但你一样可以采用这种方式，找出下一年要着力提升的地方。

　　我的工作我做主，你，就是自己工作的主人。

🧒 **两分钟驻足思考**　　你今年的工作重点是什么?

七　Do Well, Show Well

巴黎很美。

巴黎的姑娘更美。

在香榭丽舍大街上闲逛，是种很养眼的享受：迎面而来的姑娘，几乎个个可以上杂志封面。

街边的几家报刊亭，成排的杂志封面更为养眼，上面的姑娘曲线玲珑颗粒饱满，大尺度开放。我在一家报刊亭流连徘徊，女老板用英文问我："Can I help you? （有什么能帮您的？）"

我回答："No, just have a look. Our country has lots of cartoons, but no these kinds of magazine. I'm from Japan. （不用了，我只是随便看一下。我的国家有很多卡通杂志，但没有你们这样的杂志。对了，我是日本人。）"

遗憾的是时间紧迫，我只在香榭丽舍大街盘桓了一个下午，就折回酒店准备我的 PPT 了。

2006 年 10 月，我被公司派往巴黎参加电力事业部的 Communication Convention（沟通大会）。这个会议的其中的一项内容，是要评选两年来集团内搞的沟通活动的 "the Best Practice"。

这个奖项的初评，是事业部内各个公司先做好 PPT 发给评审委员会，由委员会遴选出 10 个参选活动进入决赛。决赛在沟通大会上进行，每个活动派一名代表，做 10 分钟的 Presentation，然后委员会现场评出这个最佳奖项。

我把 2005 年 9 月 12 日的活动，也就是我之前文章里提到的"全球水电技术研讨会"做成 PPT 参加了初评。这个项目顺利杀入决赛，公司派我去做现场的演讲。天津公司属于电力事业部下面的水电业务，水电集团对这次比赛十分重视，让我提前一天到巴黎，在水电集团内部做预演。

所以到巴黎只逛了半天街，就回酒店准备我的演讲了。第二天，在水电集团负责人力资源和沟通的十几名同事面前，我做了一次 presentation，之后他们给我提了些意见，但不疼不痒没什么实质意义。

晚上回到酒店，我就失眠了，在床上辗转反侧，脑子里都在琢磨明天的决赛该怎么进行。琢磨来琢磨去，我起来拧亮台灯，打开电脑，把 PPT 做了大幅修改，去掉了大部分文字，增加了很多这次活动的图片，并且确定了这次演讲的主线。我计划在 10 分钟内，集中讲三方面内容：

★ 研讨会包含的项目和参加的人员。前者让听众了解研讨会概况，后者突出这个研讨会级别之高。

★ 活动的亮点。只介绍会场门口竖立的书法墙——毛主席描写"巫山云雨"的《水调歌头》接客的电瓶车和午餐地点定子机座。

★ 活动的结果——客户的反馈以及水电总裁的评价。

第二天下午，10 名代表先后上台进行展示。我好像是第五个，记不清了。当我走上舞台进行演示时，头忽然很晕：台上的顶灯很亮，仿佛在炙烤；台下射过来两束追光灯，亮得看不清下面的观众席——那里坐着来自全球的两百多名同事，宛如开联合国大会。

好在我昨夜无眠，脑子里一直在过电影，把上台开始说什么、每页 PPT 怎么介绍、结尾怎么结，都预演了无数次。所以，在台上虽然很蒙，我还是面带微笑、表情轻松地开始了演示。

我开场说：谢谢各位花时间看我的演示，不过，你们同时也要谢谢我。因为，接下来，你们会看到一个史无前例 wonderful，splendid，unforgettable，unbelievable（精彩、壮观、难忘、难以置信的）……的 event（项目）。

我说了大致七八个形容词，反正我知道的好词都用上了。我说一个词，下面观众就笑一次。我估计，他们没见过这么不谦虚的东方人。

然后我就进入正题介绍活动了，大家果然被那几个活动亮点所征服。我 show 了一张我站在书法墙前面的照片，说这是我年轻时（其实活动刚过去一年），听众席又传来笑声；西方人对中国的书法十分崇拜，看到那龙飞凤舞的毛笔字，下面传来啧啧的赞叹声；接客的电瓶车，我选了张电力总裁 Jubert 迈下车的图片，台下 Jubert 所在的位置发出了笑声；定子机座午餐更是吸引人，大家对水电产品都非常熟悉，可怎么也想象不到会在这里面吃饭……

演示的结尾，我节选了电力总裁 Jubert 办公室于研讨会后发来的表扬邮件，打在屏幕上。我模仿 Jubert 的口吻逐字逐句朗读他的话，在结尾，顺势加了一句：So your event deserves the Best Practice!（所以你们的活动配得上这最佳实践奖！）

下面笑声一片。往台下走时，我知道，我应该可以拿走这个奖了。**如果你的演示能让观众发出笑声，你的演示就成功了。**

果然，评委会最后宣布：天津搞的"全球水电技术研讨会"赢得了"最佳实践奖"。我跳上台领奖，并发表了获奖感言。走下台后，水电集团的同事纷纷过来拥抱我。休息的时候，其他不认识的同事也过来祝贺。

那天我也是蛮骄傲的，因为，我是所有 10 位做 presentation

的同事里，唯一英语不是第一语言的选手。

回到天津，我的老板 Susan 也很高兴，我们把奖杯拿给总经理 Anders 看。

Anders 说：祝贺，祝贺。Winter，你觉得我们能拿这个奖，是因为 event 本身，还是因为你的 presentation ？

我回答：Of course because of the event（当然是因为这个项目啦）...

Anders 笑：算你明白！

我接着说：And my presentation（以及我的演讲）！

Anders 大笑：哈哈……

职场中人，不仅要 do well，也要 show well。会 do，不会 show，是闷葫芦；会 show，不会 do，是绣花枕头。

Do well，同时能 show well 的人，才能在职场征服老板，如鱼得水。

在职场有一类技能叫"可持续的技能"，也就是哪天换了工作领域依然有用的技能，比如，英语能力、演讲演示能力、人际关系和管理能力。职场人士，每周都要花些时间学习和培养这些可持续的技能。无论就业或创业，平均一生换四五个工作很正常，而且换到陌生领域的概率也很大，这些到哪里都能使用的技能，绝对值得投资！

🔲 **两分钟驻足思考**　你是一个会show的人吗？如果不是，想要如何提升你作秀的本领呢？

八　搞定老板，功夫在八小时之外

某晚和美国老板 PK 了一下酒量，我俩干掉了一瓶 52 度的白酒。

而第二天早上六点，她要飞马来西亚，我八点半，要飞深圳。打开电脑，收到她九点多在机场写的邮件：Winter，早晨我吐得像条狗一样，这个状态，我只在 20 多岁的时候有过，谢谢你。咱们团队的口号是 work hard, play hard，以后就改成 work hard, drink hard（努力工作，开怀畅饮）吧。

现在和这个老板相处得确实很融洽。在一次电话会议里，谈到一位高管离职时，我开玩笑说：老板，你没有要走的打算吧？老板说：我没有，我想更长地为公司服务。咱们做个约定如何，I stay, you stay（我不走，你也不走）？我笑答：这个我不能保证。世界变化太快，或许哪天，由于个人原因，或者公司方面不需要我了，我可能会离开。我只能说，现在，和你一起工作挺开心的。

我和老板的良好关系，源于工作的相互支持，也源于私人关系的和谐。

在职场里，我们要同时处理好两种关系，一个是 Work——工作关系，一个是 People——人际关系。如果团队只偏重工作关系，紧盯目标和绩效不放，那必定没有人性，怨声载道。如果只偏重人际关系，那将是你好我好大家好，一团和气，但完不成指标和业绩。最佳状态就是既重视工作，又有人性关怀，注重人的感受。这将是一个有战斗力，同时又开心的 team。如同港片里上了年纪的角色常说的话：做人嘛，最重要的就是开心啰。

那么，除了做好工作、保证良好的工作关系外，如何与老板建立很好的人际关系呢？有四个良方和大家分享：

1. 培养和老板一样的爱好。在上家公司时，我曾负责绩效评估。印象很深的是有一年，一个部门经理提交给我他们部门的评估分数，有几个年轻员工得到了 4 分（最高为 5 分）。巧合的是，这几个人都是平时和经理一起打羽毛球的。我不怀好意地猜测，这里除了工作表现，可能也有印象分。培养和老板一样的爱好，工作之外也"厮混"在一起，一定会对工作之内的东西有帮助。心理学上有一个就近原则表明，距离近，见面频次多，会增进人的感情。两地分居的情侣日渐疏远，被第三者乘虚而入，就是这个原则的反证。我现在上海的几个做销售的同事，下班后总和老板一起搓麻将，呵呵，这一定有利于工作的开展。老板喜欢干啥，在不是特别难为自己的情况下，试着培养这个爱好，和他一起玩。投其所好，没什么不好。

2. 搞搞家庭聚会。职场里，有很多人将同事与家人搞成铁轨那样，泾渭分明，永不相交，甚至还有隐婚的，连自己婚否都不让同事知道。而把家庭成员带进来的聚会，会快速推进与老板及同事间的关系。我到美国出差，老板带她老公和儿子陪我一起逛波士顿的一个小吃一条街。她来中国，我们一家三口请她吃饭。这样的家庭聚会，充满着轻松和温情。未来的工作中，茶余饭后时不时能聊到家人，很是亲密。

3. 组织娱乐活动。平日里只是工作，谈不上太多情感交流。与老板的关系，往往是在各种娱乐活动中升温的。比如，在酒桌上，在卡拉 OK，在运动场等。前两天朋友 Cathy 提到和她老板吃饭的事，老板让她喝酒，她不喝。老板说，喝掉这杯是她的年度目标之一，不喝就没奖金了。类似这样的场合，嘻嘻哈哈开着玩笑，大家卸下伪装，松弛神经，最容易增进感情了。日后再工作起来，会带动工作关系的递进。

4. 送礼暖人心。记得第一次到美国，给老板一家人带了京剧脸谱。老板很喜欢，放在了她的办公桌上面。去年她来中国，我送给老板亲手编制的一个手包，她当天晚上就拎出去了。每次来中国，老板也给我们带些小礼物。送些不是很昂贵但很用心的小礼物，可以融化职场的坚冰，温暖人心。《高效能人士的七个习惯》里提到了一个"情感账户"的概念，送小礼物，表示友好、善意、关心、热情等，这些行为都会在对方的情感账户里存款，会增进双方的信任关系。这种存款越多，对未来的互动越有益处。

职场里面，不仅有工作关系，更有人际关系。工作与人际，两手都要抓，两手都要硬。

而人际关系的增进，功夫大多在八小时之外。

我们不提倡对老板溜须拍马、曲意逢迎，而那些可以有效增进与老板关系的方式，我们应该知道，如果能很好地使用，就更好了。

投其所好，如果没有不良企图，只是为了关系更融洽，没什么不好。

两分钟驻足思考　你和老板的关系如何？有什么方式可以增进你们的关系呢？

九　如何对老板说不

几乎所有时间管理培训课程中，都会提到**一个原则：学会说不（ say no ）**。只有学会说不，才能把时间投注在自己的优先事务上。

说不，说起来简单，实际上不容易。尤其是对老板，那个掌握着我们银子、影响着我们前程的人。那么，怎么对老板说不呢？

能够对老板说不，有三个前提条件：

1. 有"可以对老板说不"的思维模式。思维决定了我们的行为，行为决定结果。管理中，有自我管理，有向下管理，也有向上管理，也就是管理老板。对老板说不，是向上管理很重要的一部分。一大半不能对老板说不的人，是因为压根儿就没想过老板也是可以管理的。职场里绝大部分人是很被动的，老板让干什么，我就干什么；老板指哪儿，我就打哪儿；老板让什么时候打，我就什么时候打。如果你的思维模式是这样的，那就谈不上对老板说不，更谈不上管理老板了。要记住，**在你专注的领域，你是专家，老板未必有你精通**。所以，有"可以对老板说不"的思维模式，是说不的基础。

2. 有管理时间的习惯。时间这东西，**你自己不管理，别人就会帮你管理**。如果你没有管理时间的习惯，不知道优先次序轻重缓急，那当然无法对老板说不了，老板随叫，你就随到。如果你有管理时间的习惯，老板开始也许还是按以往的方式，想让你干啥就让你干啥，想让你啥时候干就让你啥时候干，慢慢的，他知道你有自己的规划和安排，不是今天上了班才决定今天干什么，就会渐渐尊重你，逐步习惯你说不了。如果你不清楚当下最该干啥，怎么说不呢？

3. 工作足够出色，在与老板的情感账户里有足够的信任存款。凡事都需要资本，这就如同身心灵修炼，身和物质修得扎实了，才能往心和灵的层面探索，否则就飘忽了。人们都在追求自由的工作和工作的自由。自由的前提是什么？就是出色的绩效。活儿干得漂亮、给力，才有资格和老板谈，我能不能不干这个，或者不这个时候干。职场里那些潇洒、自由，可以偶尔越界不受规则限制的人，肯定是绩效在 TOP 20 里的。本身表现不怎么样，还跟老板说不，还讲条件，那只能换来老板的一句话：不想干是吧，不想现在干是吧，那就永远别干了！

如果没有上面第二和第三个条件，我们最好还是别和老板说

不，老板说啥就听啥会更安全。有了上面这些条件，就可以有策略地说不了：

　　·**沟通你的轻重缓急，避免说不情况的发生**。我个人认为，这是最有效的策略。和老板保持规律、顺畅的沟通，比如，每周或两周，以面谈或邮件（最好是面谈）的方式，让老板知道你最近在做什么，下一步计划做什么，先后次序是什么（在"有效沟通"的培训里，谈到和老板的沟通时，我也会强烈推荐给学员这个方式）。这样的好处是：第一，可以提前得到老板的反馈，他是支持这些工作以及先后顺序的，还是有其他的想法。听了上级的意见，你就能及时灵活地做调整，将自己的方向和领导的想法更好地融合。第二，领导知道你手里在忙什么，就可能把一些临时任务交给其他人。如果老板不清楚你的重点和肩上的 load（工作量、负担），就会很"信任"你，有活儿就会第一时间想到你。我很幸运，在上一家公司，老板要求每两周和她开一次一小时的会，总结过去，展望未来。在现在这家公司，每周和美国老板一次电话会议，汇报做了什么、下一步要做什么。如果你的老板没这样的要求，你不妨主动提出：老板，我每两周占用您半小时时间好不好，总结完成了什么，汇报下一步要做什么，听听您的建议。一般来说，一个职业的老板，不会拒绝这样的要求，不会回绝这样主动的员工吧。

　　·**让老板做选择**。如果你有管理时间的习惯做前提，当老板交给你新的任务时，你就可以委婉地让老板做选择了：老板，我手里正在忙 A 项目，大约还需要两天时间。您说的这个新任务，可以交给别人吗？或者等我忙完了 A，再处理好不好？或者，我把 A 放下，先做这个？

·**注意场合，注意方式**。尽量不要在其他同事面前跟领导说不，说不要委婉，不是一定不做，而是把选择给老板，最后还是要领导定夺。

·**先做好不愿做的事，慢慢再拒绝**。人生的事情可以分为两种，一种是必须做的，一种是想做的。只有把必须做的做好了，才有资本和资格做想做的。如果时间允许，即使是自己不愿意做的事，最初也是要做的，而且要做好。然后，找合适的机会，跟领导拒绝。在上一家公司的时候，每年包括年会在内的所有大型活动，几乎都是由我总体策划兼主持的。因为做得不错，每次这样的事毫无疑问老板都交给我。尽管我是负责培训和员工发展的，但长期如此，就烦了。后来有一年，我就跟老板说：今年的年会我真不想负责了，真的很累，我也没有激情了，您看能不能找别的同事负责？后来老板同意了，把总体策划的任务交给了另外的同事。我的总结是：**不愿意干的，不一定最初就拒绝，也不能硬着头皮接下后不好好干。相反，要干好它，然后慢慢地迂回和老板讲条件。**

跟老板说不，是一个向上管理的习惯，习惯需要慢慢养成；而老板也需要时间，养成接受我们对其说不的习惯。在上一家公司，我的上级是个很强势的女老板，最初她找我做事，抄起电话拨分机：Winter，你来我办公室，有件事你去做一下。后来她知道我有自我管理时间的习惯，再拨分机就会说：Winter，你现在忙吗？有时间的话到我办公室来一下。大部分时候，我会回答：好，马上来。手头如果真的忙，我会说：我手头有件急事，20 分钟后去找您如何？

　　人在职场，老板和我们是共生互赖的关系，不一定什么事都要绝对服从。独立思考，有自己的主张，恰恰是负责任的表现。

　　我们是可以对老板说不的，前提是：你知道什么对你最重要，有自我管理时间的好习惯，并且，工作表现足够出色。

两分钟驻足思考　你曾经对老板说过不吗？下次不愿意的时候，有没有勇气尝试说不？

十　诚信，职场安身立命之本

偶然看过一期李咏的《咏乐汇》，采访打工皇帝唐骏——以前是新华都集团总裁兼 CEO。当时，他在节目里面手舞足蹈、眉飞色舞，夸夸其谈他的包括大头贴和卡拉 OK 打分机在内的四大发明。我和节目现场的观众一样，心想，这人也太牛了，对他的景仰之情如滔滔江水，连绵不绝。

可后来唐骏的牛皮吹爆了。打假学者方舟子说他学历造假，大头贴和卡拉 OK 打分机也不是他发明的。最初唐骏还叽叽歪歪，说要拿起法律武器去告人家诽谤。可随着越来越多不利信息的披露，他彻底消停了，把四肢收回，缩起头来，不出来嘚瑟了。

唐骏这个人是值得佩服的，不用提他在微软的经历，就说他能够把别人的发明说成是自己的，并且说着说着连自己都信了，心安理得、理直气壮，周身沐浴着享受光辉的那股劲儿，非常人所能及啊。

唐骏的行为触及了职场的安身立命之本——诚信。他的结局，与已经倒掉的道长李一和绿豆养生专家张悟本一样，注定不会有好结果。

诚信是职场安身立命之本，弄虚作假、连蒙带唬的事，还是不做为好。

我自己深有体会，在第二家公司时，我的老板曾深深给我上了一课。

当时我负责员工培训，一次，经常和我们合作的一个培训公司的销售人员找到我，说下个月要开一个公开课，要请我帮忙派几个学员。年初做计划的时候，我把这个课程做进去了，打算派几个人去上，我的老板也批准了。所以我没有犹豫就答应了对方，说没问题，我可以派五个人过去。和我的老板汇报后，她也同意了。

不幸的是，因为销售状况不佳，我刚答应完人家，公司就决定削减这个月的费用，所有培训支出都要叫停。这让我非常犯难，对方销售因为合作多年，和我私人关系很好，他在冲业绩，十分看重我们公司派出的这五个名额。我跟他一说培训支出叫停，派不了人了，他就赶紧和我协商说：王哥，你年初有计划啊，现在一定要帮忙，你可以先派人来，培训费用哪怕年底付也可以。

我心一软，碍于情面，就答应了。嘱咐说我派人可以，但不能让我的老板知道。等年底再一起付给他们公司费用，因为整个一年和他们合作很多，好几十万的培训费，老板应该看不出这笔花销。

一次心软，把我自己害了。其中的一个学员，培训回来和我的老板聊天时，反馈说，你们 HR 安排的这个培训还不错，我们受益良多。我的老板说，现在培训都停了啊。那个学员说是 Winter 安排我们去的啊，一共五个人哪。

结果，老板把我叫进办公室，问我是怎么回事。唉，可想而知我当时的样子，磕磕巴巴、语无伦次地解释，浑身针扎般不自在，满脸通红，满头都是汗。老板，这个，是这样的，我，啊，他，你知道……

　　幸好，老板没怎么批评我。她只说：我理解，你是因为太 nice，不会拒绝别人，才会这样做。但你应该记住，诚信，诚实，在职场非常重要。如果你做了有违诚信的事，别人还怎么相信你？

　　那次事情，对我是个深深的教训。我的职业生涯成长路上，遇到过两个贵人，第一个是我第一家公司的副总，他送我走上了培训这条我最喜欢的职业之路。第二个就是我第二家公司的这个老板，她教育我要正直、诚信。

　　诚信，是职场安身立命之本。唯有诚信，老板才能信任我们。

　　有违诚信，一旦被人戳穿，那火辣辣的滋味，连把别人的发明说成是自己的都面不改色的唐骏都受不了，何况我们呢？

两分钟驻足思考　你完全做到职场诚信了吗？

第五章

纵横职场

把 每 一 天 ， 当 作 梦 想 的 练 习

一 ｜ 五招教你打通职场人脉

在上一家公司时，曾负责过一个人才库项目，即确定各部门的核心人才，关注他们的成长，给予他们更多的发展机会。

赢在人脉

部门经理提名了核心人才后，我们 HR 将组织一个评审会议。在会议上，各部门轮流介绍自己的人才候选人名单，然后相关部门经理可以针对名单给出自己的意见。大家都持赞成态度后，候选人才能进入人才库。

　　这个过程很有意思，有些候选人会得到其他部门领导的一致认同，而有些经理提名的自己部门的业务牛人，却会招来其他人的反对意见。大家会举例说，你看上次那个××项目，他就和我们合作得不怎么样。

　　这时，平时积累的人缘，就十分重要了。有某个人的一句正面赞扬，你就可以一路畅通地进入人才库，也就意味着你会有更好的发展机会。某个人的一句负面评价，也许就成了你职业生涯的一个坎儿。这正应了那句话：关于你人生的重大决定，你往往不在场。所以，人际关系良好，或者说人脉的畅通，对职业发展大有裨益。

　　上大学的时候参加辩论赛，记得决赛时和对手辩论的主题就是"能力重要，还是关系重要"。我方抽到的是"能力重要"，最后我们辩赢了。但这样非此即彼的辩论，对人的思维模式荼毒甚深。如今的社会，充满非黑即白的二元论，比如"能力更重要，还是关系更重要"，又比如"个人努力更重要，还是机遇更重要""人生可以规划，还是无法掌控"。

　　这样的二元论毫无益处，会造成厚此薄彼的结果。诸葛亮要不是能力很强的金凤凰，也引不来刘备的三顾茅庐。而没有刘备的伯乐赏识，诸葛亮又怎能名扬天下？也许始终在卧龙岗草堂春睡呢。正确的思维模式应该是这样的：能力重要，关系也重要；个人努力重要，机遇也重要；人生可以规划，但充满偶然性和变数。这些要看对谁，以及你的人生处于什么阶段，这个世界永远不是非黑即白、非此即彼。

话说回来，不管怎样，职场人脉对我们都十分重要。接下来，分享五招，帮你打通职场人脉。

·**把你的工作做得很牛**。只有优秀的人，才能聚拢广泛而有效的人脉。在《影响力》一书中，作者把"互惠"列为增强影响力的最佳方式，我本人十分认同。**这个社会人与人相处，剥离所有的表象之后，本质是"交换"二字。我们与他人相处，总有所求。这些渴求，可能是物质的、有形的，也可能是精神的、无形的。即使看似无所求的公益和奉献，施行者也想要在心灵和精神世界有所收获和不断丰盈。**所以，前提是你自己变得很牛，其他牛的人和人脉才会自然聚拢。否则，你在人际交往中会成为"索取者"，那些牛人会唯恐避之不及。这如同总需要你贴补的农村亲戚，一般他们不主动找你，你不太会主动联系他们。我一个搞灵修的朋友说得更玄，说每个人身上都有能量值，能量值相当或者说同频的人，才能互相吸引。一个500流明的人，很难和250流明的人长久相处。故要想积累广泛而有效的人脉，不是见人就交换名片，那有攀龙附凤之嫌。我在工作到第五年的时候，一个猎头找我。她说，我的同事把我推荐给她，说我培训搞得还不错，这促成了我的第一次跳槽。把自己的专业搞牛了，你自己就是品牌和名片，人脉自然来。

·**发展跨部门业余爱好**。这招真心管用。我们当年有一个羽毛球小团体，十多个人，来自公司不同部门，每周打两次球。平时在一起玩，工作需要有互动时，一个电话就搞定了。这种跨部门活动，多多参加，有百利而无一害。

·往"**情感账户**"里存款。建立人脉和影响力的最佳方式是"互惠"，其次，就是在不太影响自己工作的前提下，多多帮别人的忙，增加"情感账户"的存款。人与人之间，有个情感账户，乐于助人、与人为善等正向行为都会在账户里存款，待到你需要时，对方也会挺你。

·**参加培训 / 各种学习班**。这个是相当有效的积累公司外人脉的方式，因为在培训里和各种学习班上，你结识的差不多都是同道中人，共同语言会让人们自然走近。2007 年，我在北京一次培训课上认识了一个同学 Cathy。2011 年我在苏州，她介绍一个做教练的朋友给我认识。通过这个教练朋友的引荐，我上了埃里克森的一个教练课程。在那个班上，我认识了好多教练同学。这两年，互动比较多的就是这些同学了。

·**加入行业协会 / 各类兴趣组织**。我的同事 David 是做精益生产的，他参加了一个精益协会，最近他就参加了一个近 300 人出席的论坛活动。哇，想象一下，加入这样的协会，对扩展人脉得多有帮助啊。比如，豆瓣网上的一些读书小组啊，还有网上的一些跑步、探险等业余爱好组织，都是拓展圈子的不错途径。

能力重要，人脉同样重要。把你的工作做得很牛，是打造广泛有效人脉的前提。而发展跨部门业余爱好，往"情感账户"存款，多帮助别人，能够让你在公司内部左右逢源。参加培训 / 各种学习班，加入行业协会／各类兴趣组织，可以有效地拓展公司外的圈子，让你在行业内和江湖上如鱼得水。

　　这个社会，有时候，你是谁并不重要，重要的是，你认识谁。

两分钟驻足思考　你可以通过什么方式来拓展自己的人脉呢？

二 目标要实现，过程也要享受

出差的时候，我们通常都要带什么东西呢？

不外乎两类吧，第一是文件、资料、电脑等，这是为了满足工作需要。第二是证件、钱、衣物、药物等，为了出行方便和舒服些，这是为了满足个人需要。

身处职场，与员工沟通和出差一样，我们一方面要完成工作目标，也就是工作需要，一方面也要注重员工的感受，让员工在沟通过程里感到被尊重、被理解、被支持，这是所谓的个人需要。

下面要为大家介绍一个与下属互动的模型，其中包括两部分。第一是互动流程：开启讨论、澄清问题、发展方案、达成共识、总结讨论，这用来满足工作需要。第二是基本原则：尊重、理解、鼓励

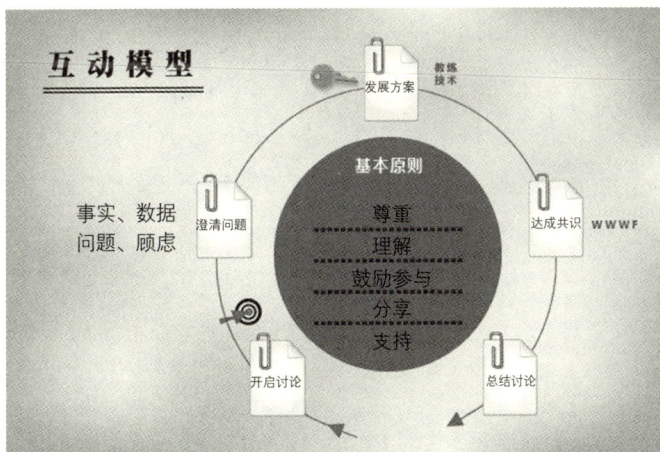

互动模型

发展方案　教练技术

基本原则
尊重
理解
鼓励参与
分享
支持

事实、数据
问题、顾虑

澄清问题

达成共识　ＷＷＷＦ

开启讨论

总结讨论

参与、分享、支持，这用来满足个人需要。这个模型可以在实现结果的同时，让员工感觉很舒服，正所谓目标要实现，过程也要享受。

互动流程

1. 开启讨论。在这个阶段，你必须让讨论有一个明确的目标，让参加人知道今天的讨论要达到什么目的，并解释为何设定此目的，这样可以保证整个讨论的过程焦点明确。比如说，我想和你谈一谈即将到来的销售活动，以及这一活动将会对你的团队产生的影响。

2. 澄清问题。在这个阶段，你需要搜集两类信息——事实和数据、问题和顾虑。事实和数据是背景信息，员工需要它们来了解情况，并做出正确的决策。找出问题和顾虑可以帮助你了解达成目的的潜在障碍，也有助于你了解员工对于这一工作情况的感受。比如，我想大家都一致认为这项工作将十分艰巨，为避免疏漏，在着手之前，我们每个人都需要把自己的问题和顾虑说出来。

3. 发展方案。在发展方案阶段，提出问题并使他人参与进来是十分重要的。你很可能对如何行动有些想法，但你也要同等重视征询他人的意见。争取他人参与献策，可以激活员工的创造力，得到你凭个人努力无法想到的更多、更好的建议，赢得大家把想法付诸行动的承诺。在这个过程中，强烈建议使用教练的方式激发员工的参与度。比如，问这样的问题：我们可以做什么来实现想要的目标？小王，你关于这个问题的建议是什么？

4. 达成共识。你和有关员工应该就如何实施前面所提出的想法以及具体计划达成共识，这一点十分重要。在这个阶段要实现WWWF——Who，What，When and Follow up（谁该做什么，何时完成，如何跟踪）。很多沟通和会议因为缺少了这步，之后什么结果也没达到。

5. **总结讨论**。这一阶段需要确保每个人都明确下一步应做什么，对敏感或复杂的讨论进行总结时，可能需要详细总结行动计划及达成的共识，并核查个人或团队将计划付诸实施的承诺程度。大多数情况下，总结阶段只要对总体计划进行一下概述，并快速检查一下员工对执行计划的信心。比如，我们已经有了一个不错的计划，我对大家充满信心，大家对这些还有何意见？

基本原则

1. **尊重**。在员工表现好时，要及时认可，加强员工自信心。我们可以对好的观点和想法表示认可，对工作成就表示赞许，表达和显露你的信心。但内容要具体，态度要诚恳。不能说：小王，你最近表现不错啊。要说：小王，你昨天给我的那个报告很好，不仅有丰富的数据支持，还提出了自己的建议，真不错。当工作进展不顺时，要维护员工的自尊，要关注事实，让员工澄清那样做的动机，尊重和支持员工。

2. **理解**。沟通时要设身处地地聆听和回应，让员工知道你了解事实和他们的感受，帮助员工排除不良情绪。比如，显然，最后一刻发生的变化（事实）给你和整个团队都带来了许多负面的影响（感受）。对员工积极的情绪也要回应，比如，你的表情说明了一切，你现在一定对客户满意度调查的结果（事实）感到十分满意（感受）。

3. **鼓励参与**。要使团队成员的贡献最大化，你需要了解他们的意见和想法。当你向员工寻求帮助，鼓励其参与时，员工会感到他们的能力和贡献得到了重视。请记住你需要将鼓励参与作为首选，用教练式提问的方式激活每一个人的思想，通过员工的参与，鼓励其承担责任。

4. **分享**。实践已经证明，把你的观点、感受或理由恰当地表达出来，可以与员工建立信任。所以你需要恰当地表露感受与想法，解释决策、想法或变动的原因。坦露真实的感受有助于在人与人之间建立起信任的关系，也可以帮助他人用新的眼光看问题。

5. **支持**。要给予员工适当的支持和帮助，客观地衡量自己能办到的事情并恪守承诺。但要抵御越俎代庖的诱惑，使员工保留其应有的职责。

职场里，如果我们只重视工作结果，紧盯目标的实现，就会把人当机器使用，缺乏人情味，必定怨声载道。只重视人的感受，你好我好大家好，必定会成为和事佬，团队将失去应有的战斗力。

互动流程是对事的，基本原则是对人的。事和人都搞定，目标要实现，过程也要享受，这是职场的最高境界。

两分钟驻足思考　你是否如同重视工作关系一样，注重了职场的人际关系？

（注：该文的互动流程和基本原则，借鉴了美国 DDI 公司 Essentials of Leadership "领导核心" 课程的核心内容，致谢！）

三　教练，最有效的领导方式

今早几个朋友在微博上讨论读书的话题。大家说，你看，在国外出差，坐地铁啊，等飞机啊，很多人都在看书，而且看的还不是《故事会》《知音》一类的通俗读物。而在中国，在公共场合鲜见读书的人。后来一个朋友总结发问：大部分中国民众没有形成阅读习惯的深层原因是什么？

我觉得，与其这样问，不如把问题改成"有哪些方式可以培养民众的阅读习惯"更有效果。因为这样发问，可以避免大家陈芝麻烂谷子地发掘历史和现实的问题，而是聚焦在行动和解决方案上。而且，越讨论问题的原因，情绪越灰暗，越觉得积弊已久难以改变。而讨论行动的方式，则让你觉得不是那么无能为力，可以有所作为。

我采用的，其实是教练的发问方式。教练在解决问题时，较之传统的思维模式，有着鲜明的改变。**教练不聚焦负向，而是聚焦正向；教练不发掘过去，而是面向未来；教练不是问题导向，而是行动和结果导向。**

那何为教练呢？我最喜欢的定义是：

·教练是一种教练和被辅导者间的**长期伙伴关系**（partnership）。这种关系将**强化被辅导者改变**（change）和行动（take action）的意愿，为其个人和职业领域带来积极（positive）和持久（lasting）的转变（transformations）。

·我最喜欢的比喻是：教练（coaching）是一座桥。它搭建在被辅导者的现实（actuality）与愿景（vision）之间，帮助被辅导者实现他们期望的改变。被辅导者可以通过教练发展自身技能，提升工作绩效，最大限度地发挥潜能，成为他们想成为的人。

教练方式的核心特征是：

·通过"非建议"（advice free）式的对话进行。
·给人们提供洞察自己和发掘解决方案的机会。

那教练为什么有效呢？

·最大限度地发挥被辅导者的潜能。教练过程中，教练充分倾听、理解和相信被辅导者，授权他自己寻找解决方案和行动计划。这充分满足了人际沟通的两种需要：实际需要和个人需要。实际需要就是解决问题，个人需要是指被理解、被相信、被认可、被激励。

·提问的力量。无论何种教练，通常在一次对话的开始，都会问辅导对象：你想要什么？这样一个简单的问题，为何会有神奇的力量呢？引用朋友王小丹博客里的话：在罗伯特·迪尔茨的逻辑层次理论中，我们想要什么一般关注的是逻辑层次中的愿景、身份和价值观层面，也就是我们常说的逻辑层次的上三层。而解决问题一般会涉及的是环境、行为和能力层面的问题，也就是说，是关于下三层的问题。下三层的问题不会触及一个人的心智根本和思维模式，通常状况是解决了 A 问题出现 B 问题。要想有大的改变，必须往价值观和思维模式方面探索。比方说，你不让小孩子在家里上网，把家里的网络断掉。这个行为出现后，一般会出现的结果是：孩子不回家了，跑网吧和同学家上网去了。所以说，用行为解决不了行为的问题，只有在更高的层面上，让孩子找到他是谁，他为什么存在于这个世界上，他的存在对别人的价值是什么，什么对他是更重要的，才能碰触到核心。只要解决了上三层的问题，下三层的问题就不需要你去做些什么了，他会自动调整和校正自己的行为，提升自己的能力。

罗伯特·迪尔茨逻辑层次

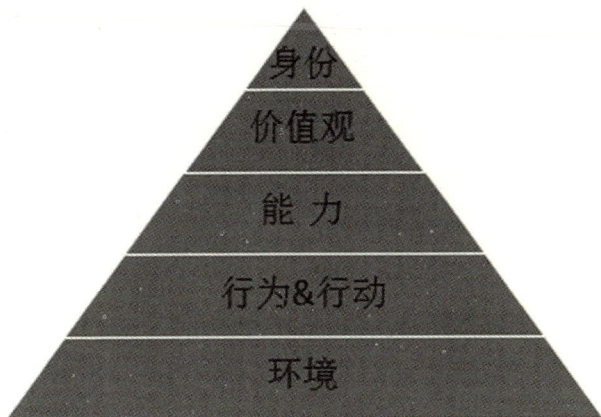

　　鉴于教练方式的有效性，教练目前已经成为世界上增长最快的行业之一。《财富》1000 强里，80% 的公司在推行教练式管理，美国 128 所大学开设了教练课程；在中国，越来越多的人开始加入推行教练的队伍。

　　教练包括很多种，比如领导力教练、高管教练、关系教练、青少年教练、职业生涯教练、生命教练、健康教练、绩效教练等。

　　当然，身处企业，我们更多地要谈及企业里的绩效教练。其实，每个公司的任何一个 leader（领导）都应该成为绩效教练，因为你要带领下属完成绩效目标。别担心，即使你没接受过专业教练培训也没问题，只要了解一定的流程和方法，你就可以有效地辅导下属了。

　　下面介绍一个简单有效的 GROW 模型给你使用。

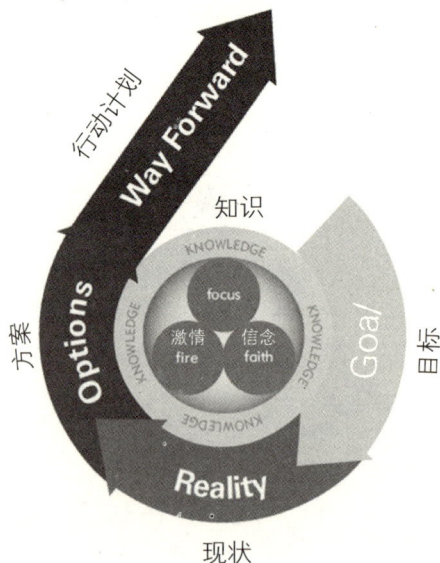

·Goal Setting（目标设定）。在谈话的时候，首先澄清要实现的目标。目标当然要符合 SMART 原则——Specific（明确性），Measurable（衡量性），Achievable（可实现性），Relevant（相关性），Time-bound（时限性）。同时邀请员工参与到目标设定过程中，增强员工的责任感（ownership）。

·Reality Checking（现状分析）。目标明确了，现实状况如何呢？如人力、物力、时间等。邀请员工一起进行分析。

·Options（探索方案）。基于现状，我们有哪些方式，可以采取什么行动去实现目标。在这个过程中，要充分体现教练的不建议原则，鼓励员工充分参与和思考，尽可能采取员工的解决方案。只在必要时，才给出自己的建议。

·Way Forward（行动计划）。最后，与员工一道明确 who 要做 what，when 去完成，以及如何 follow up。

怎么样，简单吧。如果和员工沟通时，经常使用这个 GROW 模型，就会增强员工独立思考及解决问题的能力。

这是用教练的方式辅导别人，那么教练方式可以帮助我们自己吗？答案当然是肯定的。结合职场和个人生活，我总结了鹏程两问：

鹏程第一问：接下来的三个月，你计划在工作领域做哪些改变？（比如，接触新的工作内容，采用新流程和方法，等等。）

鹏程第二问：接下来的三个月，你计划在生活方面做哪些提升？（可以从身体、心智、精神、社会 / 情感四个维度进行探索。）

　　经常用这两个问题问问自己，并根据答案去行动，我承诺，一段时间下来，你的工作和生活定会有很大起色。

　　不管你信不信，反正我信了。

两分钟驻足思考　接下来的三个月，你计划在工作领域做哪些改变？接下来的三个月，你计划在生活方面做哪些提升？

四　建立亲和，沟通高手必备杀器

聽

上周去香港，在虹桥机场候机时，拿出赖声川写的《赖声川的创意学》，假装读两页。

不经意间注意到：对面的椅子上，一个略显娇小但很好看的姑娘也在读书。她把凉鞋脱在地上，双腿蜷在座位上，素淡的长裙盖到了脚面。她长发过肩，略微低着头，翻动着膝上的书页。我注意到，书的作者是苏芩。

哇，她安静看书的样子，是很美的一幅画面。

我不禁有种冲动，要把这幅画面拍下来。

一向腼腆的我，鼓了好半天勇气，才张口搭讪说：美女，你喜欢看苏芩的书?

她愣了一下,显然没有思想准备,然后不好意思地说:啊,没有,刚才在机场书店随便买的。

我直奔主题:刚才你看书的样子,我觉得特别特别美。我能帮你拍张照片吗?

她连忙摇头:不,不,不,不要。

我解释说:我没有恶意,真的只是觉得特别美,想把这幅画面拍下来。

她继续摇头,脑袋摇得像拨浪鼓:不不不,不要。

我只好放弃:哦,那不打扰了,你接着看书吧。

后来我在想:如果我是她,一个男人贸然来搭讪,说到第二句话就提出给我拍照片,我会让他拍吗?我当然也不会同意,虽然这个男人戴着眼镜,文质彬彬的。

那么我的这次失败的搭讪,问题出在哪里呢?我想应该是没有建立好亲和关系,没有创造足够轻松的沟通氛围,没有让对方感觉舒服和安全。

在职场和日常的人际沟通中,总有些人能够很快地打开话题,和别人建立起关系,开始愉悦轻松的交流。而更多人,和熟人还好,口齿伶俐、谈笑风生,见到陌生人就蔫了,不知道该说什么好。时间长了还行,慢慢会进入交谈的状态,话匣子也打开了,就是开始这个阶段,苦于无话可说,十分难受。

而一次沟通的开始,建立亲和关系(making rapport)这段时间又十分重要,直接影响着沟通的质量。尽管通常来说,开头就是聊聊闲天(small chat),那该如何,尤其是第一次和别人见面

时，迅速打开话题，建立起亲和关系呢？你只要珍惜以下五种缘
分就够了:

·**地缘**。这个很简单吧，攀老乡呗，或者是对方和你曾经
待过同一个城市，哪怕去过同一个城市也行。如果能在聊天的
开头发现地缘关系，那基本上就会是一次愉悦的沟通了。我于
2011 年结识了一个教练朋友，听口音有东北味儿，原来是在东
北出生和长大的。后来一次吃饭，我俩喝了快一斤二锅头，很
是爽快。而她是位快 50 岁的女性。稍微提醒下，运用地缘这
个方法时，你不能为了和某地的人拉近关系，贬低其他地方的
人。一次我讲课，开课前下去和学员聊天，问一个学员老家是
哪里的。他说是陕西的，我顺势说：我很喜欢陕西人，大学时
最好的朋友就是陕西的。我和四川人就不行，上学时和一个四
川的同学关系很恶劣。我接下来问后面一个同学你家是哪儿的，
他说我老家就是四川的！当时我差点吐血身亡，恨不得找个地
缝儿钻进去。后来，我总结出一个规律：**喜欢什么就喜欢什么，
但不必顺口贬低其他的**。

·**学缘**。不多解释，校友啊。但这个要提醒下，如果你的
学校不是北大、清华类的牛学校，或许对方还不愿意你在别人
面前提起呢。你可以谈到这个话题，看对方有兴趣，就多谈谈。
一看对方闪烁其词嗯啊敷衍，你就该换个话题了。

·**人缘**。就是你们都认识谁，这是个迅速打开话题的法宝。
世界很小，据说，你只需要通过六个人，也就是六次人脉传
导，就可以接触到这个世界上的任何人。这可能有点夸张，但

要认识一个行业或一个圈子里的人，六次传导足够了。

·**经历缘**。就是有过共同的人生经历和体验。比如，都曾经扛过枪、下过乡，就很容易有共同语言。或者都是某个行业的，都干过某种工作，或参加过某一个方面的培训学习啊，都上过 MBA 啊，甚至家里都有亲人得过同样的病啊，等等。

·**爱好缘**。这太好理解了，对方有什么爱好，就和他谈什么东西。你不必有和对方同样的爱好，只要技巧性地和他聊他的兴趣就好了。

建立亲和关系的方法，也就是五种缘分已分享完了，这篇文章还没结束。接下来，建立亲和的三大原则，你更要细读一下：

·**保持全然的好奇**。前天从上海回苏州，在路上无聊，问接我的司机能不能放几首歌曲。师傅说只有一张交响诗CD，怕我不感兴趣，我说不妨放来听听啊。音乐响起，看起来内向木讷的师傅打开了话匣子：这是个意大利音乐家的交响诗作品。这组交响诗第一章，描写孩子的玩耍，所以欢快。第二章忧郁，描写墓穴旁的松树。第三章优美，写的是月光下的松树。第四章激昂，写的是罗马军队的行进。交响诗比较短，思想性和内涵远不如交响乐，但这个也很好听。后来，音乐播放过程中，他还时不时点拨我：你听这是竖琴，这是留声机播放的夜莺鸣叫，你听这鼓，由远及近。一路上，我只是嗯、啊、哦地配合，他滔滔不绝、眉飞色舞、神采飞扬。到我家的时候，他正谈到莫扎特的平民、贝多芬的力量、柴可夫斯基的忧郁，看样子还意犹未尽。帮我从后面取箱子时，我说谢谢。他说不客气，也谢谢你，我第一次给客人听这类音乐。我感觉到，我应该会是他比较喜欢的客人之一。每个人都有自己独特的故事、丰富的内心世界，沟通中，我们只要保持全然的好奇，亲和愉悦的氛围自然就建立了。

· **少说多听**。有人说，在人际沟通中，我们应该用70%的时间来倾听，30%的时间用来表达。不必拘泥于这个比例，但多让别人表达绝对是没错的，因为心理学上讲，人都有被倾听、被理解的需求。倾听时要全然地听，如同我们繁体字的"聽"表达的那样：用"耳"倾听，加（+）上"眼睛"（四）注视，"一""心"一意，如同面对君"王"一样。少说多听吧，毕竟，上帝给了我们两只耳朵、一张嘴巴，就是让我们这么干的。

· **问开放性问题**。这个简单，别让对方用 yes 或 no、好还是不好这样简单的答案就把你打发了，多问 what/who/when/where/why 和 how 来鼓励对方多说。比如，和新认识的女友看完电影走出影院，千万别问"电影好看吗"这类封闭式问题，这样对方一个"好看""不怎么样""还好了"就对付你了。要问"你觉得这个电影哪个情节最让人印象深刻"这类的开放性问题，保管你们可以交流更长的时间。

好了，又一篇长文，谢谢你读到这里。为了回馈你的耐心，把我经常使用的、屡试不爽的建立亲和关系的一个绝招分享给你，没耐心读到这里的朋友，就错过了，呵呵。

那就是**转达别人对谈话对象的夸奖**。一般我们认识一个新朋友，可能是通过老朋友介绍的。你可以稍稍留点心，把老朋友对这个新朋友的夸奖记在心上，然后在适当的时候，转述给这个新朋友。我敢拍我健壮的胸脯保证，无论这种夸奖是具体的，还是泛泛而谈，都会让这个新朋友对你产生好感。

为啥你只简单传个话，对方就会喜欢你呢？

很简单啊，**人们会把好消息和带来好消息的人联系起来。当然，也会把坏消息和带来坏消息的人捆绑在一起。**尽管消息本身跟传达消息的人没有半毛钱关系。

所以，电视里，接生婆从房间里出来，跟等在外面的财主说"老爷，恭喜，太太给您添了个少爷"。财主大喜，顺手掏出十两银子给了接生婆，说"赏给你的"。又如，士兵急匆匆进入大帐，"报告将军，中了对方的埋伏，我军伤亡惨重啊"。将军大怒说"你奶奶的"，拔剑把士兵咔嚓了。

一次交流的前面三分钟，至关重要。

如果你能珍惜我讲的地缘、学缘、人缘、经历缘、爱好缘五种缘分，把握保持全然的好奇、少说多听、问开放性问题这三个原则，适当的时候使用转达别人对谈话对象的夸奖这个绝招，亲和关系就可以自然而然地建立了。

这是沟通高手必备的杀器啊。

两分钟驻足思考　你和别人交流时，会经常用到这篇文章提到的方法吗？

五　给自己贴上高质量标签

　　下午写了篇长博客，有点累，吃完晚饭决定不看电脑了，出去散散步。

在去金鸡湖的路上，看到了前面这块宣传志愿服务的牌子。上面一张是我用手机拍的全景，下面一张是近景。在这幅回收废旧电池的画面里，我想让大家注意的是左面第二位大哥：这个人物，闭着眼睛。

呵呵，一个闭着眼睛的人，出现在这幅画面里做什么？

他是领导？应该不是，设计的人绝对不敢选一张领导闭着眼睛的照片放在公众场合。再说回收个电池，领导也犯不上非露个脸。

那应该是个普通人物。我想说的是，一个普通人物，闭着眼睛，严重影响了整个画面的美感，为啥不给他 PS 掉呢？从画面看，把这个人物去掉，应该不影响整体构图和意思表达。这在技术上不难，连我这个门外汉都可以做到，何况搞广告印刷的人。

我有理由认为，负责这个宣传牌的人，不太有责任心。他或者根本没看重自己的工作，觉得宣传志愿服务的牌子没人会细看，或者他对自己要求很低，觉得这个质量就可以了。

如果我是他的上级，看到他这个水准的工作成果，一定不满意。从此以后，他在我心里就留下了一个印象：这人做事，质量很差。

在上一家公司的时候，一次请财务副总经理 Anita 给新毕业的大学生分享职场经验。她和学生们分享了很重要的一条职场生存法则：给自己贴上高质量标签！

也就是说，认真对待自己的工作，让每一项经自己手出去的工作，都保持较高水准。久而久之，就会慢慢建立自己的声名：工作交给他，一定错不了；×× 出品，必定精品。

Anita 的这条分享十分重要。我们的工作成果，代表着我们的水准。

　　记得当时公司有一个刚毕业的女生，在 HR 工作。一次，我把一个翻译工作交给她做。两天之后，她说：Winter 我翻译完了，把文件发到你的邮箱里了。

　　我打开了那个 Word 文档。Oh，My Lady Gaga！满眼都是红色曲线，也就是 Word 自动纠错的红色曲线，这些线只有在你出现英文拼写错误时才会出现。

　　整个翻译做得很差，这个我可以理解，刚毕业的学生，对行业的一些术语不是很清楚。但让我恼火的是，Word 都已经明明白白提醒了你有拼写错误，给你画了出来，你怎么就不能查一下词典，修正过来呢？就把一份满篇红线的文件上交给我？

　　当时我很无语，一言未发，自己加班把那个文件翻译了一遍。从此以后，她就在我心里定格了，我给她贴上了不负责、没有责任心这类的标签。结果，那个女孩在公司没待多久就离开了，因为我们这些同事对她都没什么好评价。

　　提供高质量的工作成果，是职场责任感的表现。我一向认为，工作不是给公司干的，也不是给领导干的，工作就是给自己干的。我们通过工作赚钱养家糊口，同时积累自己的经验，提高自己的可雇用能力。有了能力，在哪儿工作都不怕。

　　同时，**高质量的工作成果，也会累积自己的名誉**。每个人，如商品般，都是一个品牌。**你的工作质量，决定了你是一线名牌，还是二线品牌，或者是个三线杂牌**。

　　如今社会，人们越来越重视圈子，希望拓展人脉。如果能给自己贴上高质量标签，你就不必刻意去开拓人脉，猎头们的鼻子比警犬还灵，会主动找上门来。巷子深浅无所谓，就看你的酒是否足够香了。

　　这篇文章的结尾，和大家分享一个我近来很喜欢的词：工匠精神。

　　工匠精神，就是《诗经》里所描述的"如切如磋，如琢如磨"。罗永浩在北展的演讲里提到了这个词，微博红人"琢磨先生"也对工匠精神给予了阐述：1）对所从事的事情有一种完美主义情结，在力所能及的情况下做到极致。2）对细节的执着；点点滴滴绝不放过。3）激情，对所做的事欲罢不能，并从中获得巨大的心灵满足。4）执着，百折不挠的勇气。

　　我自己已稍稍具备了点工匠精神。某日我去香港给 Sales 做了一天的培训，之前如切如磋、如琢如磨地设计了两周教程，设计完后，发给香港同事帮我打印了学员手册。可我一直对自己的设计不是很满意，到出发去香港的前一天，忽然有了一个更好的思路，决定舍弃之前的设计，把一切推翻重来。最后，我终于有了一个自己满意的教材，又发给香港同事重新打印。

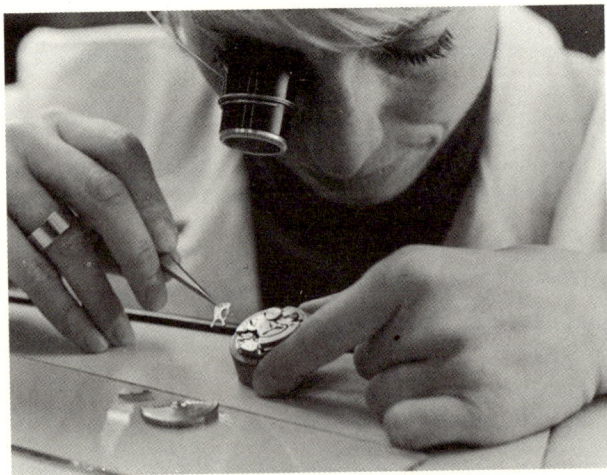

　　结果，这次香港培训十分成功。

　　英国诗人王尔德这样形容他一天的工作：我正在整理一首诗的出版稿，一个早上工作下来，我拿掉了一个逗号。下午，我又把它放回去了。

　　给"琢磨先生"对工匠精神的阐述再加上一条：**5）与其说为了追求别人的认可，不如说为了给自己一个交代。**

　　培养点工匠精神，给自己贴上高质量标签吧。

　　你的工作水准，就是你的品牌。

　　你的品牌，决定着你的未来。

两分钟驻足思考　　你有如琢如磨的工匠精神吗？

六　用别人喜欢的方式对待别人

去北戴河旅游，返回的时候在昌黎火车站买票，注意到售票窗口旁边的墙上有这样一块牌子：恭喜您的孩子又长高了！

不禁莞尔，呵呵，这是提醒你孩子多高该买半票，多高该买全票。一般来说，孩子刚刚过线的父母心理上都有些小不甘，但看到这句话，掏钱的时候心里应该会更舒服点。

同时想到了一次在香港，看到城铁施工现场竖着这样一块牌子：为您修建城铁，给您带来不便，敬请谅解。

　　这块牌子区别于以往的"城铁施工给您带来不便，敬请谅解"，而是强调了这是给您修的城铁，带来了麻烦，还望您谅解，相信老百姓能更多地理解和支持。

　　这两块牌子意图不一样，但异曲同工，都是在沟通中，试图"从对方的角度出发，寻求被理解"。这是《高效能人士的七个习惯》一书中提及的一个概念，讲的是你做的事，在陈述和表达的时候，如果从对方的角度来看有益处，或者至少让他们感觉比较舒服，你得到理解和支持的可能性就比较大。

　　这两天在读魏斯曼演讲圣经系列图书，在第一本《说的艺术》里，魏斯曼提到演讲和演示的目的是说服，那么要想说服听众，就要了解听众的兴趣是什么。利益才是听者的兴趣所在，演讲者必须从听众的利益出发。

　　魏斯曼提出了六个句式，这六个问题可以提醒演讲者在每个环节都紧扣听众利益展开。我个人认为这几个问题相当经典，特地把它们摘录如下：

　　　★这对您很重要，因为……（补充听众的利益）
　　　★这对您意味着什么呢？（紧接着从听众的立场解释）
　　　★为什么我和您说这些？（紧接着从听众的立场解释）
　　　★谁在乎呢？（"您应该在乎，因为……"）
　　　★那又怎样？（说出结果）
　　　★还有就是……（说出听众的利益）

　　我们应该记住这些句式，甚至有必要打印出来贴在墙上，下次准备发言的时候用它们提醒自己。如果找到了听众的需求，能够在演讲中明确地说出带给听众的利益，我们的演讲受欢迎的程度就会大大提高。

不光是演讲，了解他人的诉求，从对方的角度出发，用别人喜欢的方式去对待别人，适用于职场任何领域。

比如奖励这件事情，也要因人而异。奖励是为了激励员工重复某种良好的表现，但同样的方式，对不同员工的激励作用差异就很大。发奖金是通杀的方式，没有人不爱钱，虽然有人口口声声说不太在乎钱。但类似先进工作者啊、优秀员工啊一类的精神奖励，对有些员工也很有效。而有些人喜欢拿奖金后大家一起吃喝玩乐，有些人乐意老板给几天带薪假期。因人而异，职场管理者需要号准员工的脉。

人生不同阶段的诉求也不一样。2003 年，在第一家公司，因为成功完成了 ISO9000 质量管理体系认证，公司奖给我 2000 块钱。那笔钱相当于一个月工资，对当时还是屌丝的我的激励作用相当大。公司还把这次奖励做成记录，放到人事档案里。那会儿，我还没到如今视荣誉如浮云的境地，所以激动了好多天。

2005 年，我在第二家公司，出色地组织了全球的客户研讨会。公司奖励给我和当时的总经理助理每人 5000 块旅游基金，只要拿发票回来报销就行。我用这个奖励把岳父岳母送到海南玩了一圈，感觉特有面子。

最近，美国老板开会时说，你近来出差很多，工作挺忙，如果需要休假的话，尽管说。即使没有年假了，你也可以休。这种带薪休假的激励方式很奏效，我又屁颠儿屁颠儿给老板冲锋陷阵去了。

可以看出，用别人喜欢的方式对待别人，有多么重要。

而要做到这一点，**首先需要尊重人的个体差异**。古语"己所不欲，勿施于人"和"己所欲，施于人"是很值得商榷的。己所欲的，就是他人所欲的吗？他人所欲的，才是他人所欲的，对他人来说才最重要。

邻居一个五岁的小女孩，嘴很甜，见到人就爷爷奶奶叔叔阿姨地喊，很讨人喜欢。我女儿有段时间见人很羞涩，也不主动打招呼。我和老婆都很生气，回来就教训她，你怎么就不主动说话呢，一点礼貌都没有。

一天，我又训了她一顿。四岁的女儿说："爸爸，我不是不会说，是今天心情不太好。有时候我也根本不想说，你越让我说，我越不愿意说。"那一刻，我忽然有所悟，孩子有自己的情绪。而且更重要的是，每个孩子都是不一样的，我们没必要让她去变成另外一个人。

从此释然，她叫人就叫人，不叫也无所谓。这样一来，她跟人打招呼的次数反倒更多了。

曾经看过一位年轻女性 W 写的文章。她很爱干净，一天晚饭后正在拖地，她先生说：你快别拖了，天天拖那么干净干吗？快来跟我一起看个电影。

W 立刻生气地回答：这么脏了能不拖吗？我上了一天班还要干活儿，你还有心情看电影？爱看自己看！

先生无奈：好好好，你爱拖拖吧，没法儿和你沟通。

先生的话瞬间击中她的心，这不就是几十年来爸爸经常跟妈妈说的嘛！

　　W 的爸妈一起生活了几十年，和谐，但谈不上幸福。妈妈很传统，很勤劳，每天都把灶台擦得亮亮的，地拖得净净的，以为老公会因为她的勤劳贤惠感恩戴德。可 W 的爸爸喜欢听听音乐，很小资，每每想和老婆一起享受一下，老婆都以家务忙为由拒绝他，他常常哀叹得不到理解。

　　想到自己也在重复父母的相处模式，W 惊出一身冷汗。她赶紧停下手中的活儿，坐下来和老公深入交流了一次。他们把彼此喜欢做的事都写下来，也沟通了希望对方如何对待自己。自那以后，他们提高了做双方都喜欢的事情的频率，比如散步、运动，同时保留了各自的空间，他们的感情日渐浓郁。

　　人的天性，就是以自我为焦点。所以，拿过集体照，往往第一眼，我们寻找和关注的就是自己。

　　在人际沟通中，在不违背大原则的前提下，如果我们能尊重个体的差异和独立，充分了解对方的需求和期望，用别人喜欢的方式去对待别人，沟通必定会更顺畅。

　　🧑 两分钟驻足思考　你是不是一直在用自己认为好的方式对待别人？

七 人类，永远无法阻挡梦想的力量

> "生命要不然是一场大冒险，要不然就是一无所有。"海伦·凯勒
>
> *"Life is either a big adventure, or nothing."*   *Helen Keller*

为期三天的新精英生涯导师班的学习结束了。

在这个班上，古典老师安排了 PK 赛环节。学员们需要设计一段 15 分钟的培训，然后分组 PK 对抗。

我们小组在第一轮 PK 中派培训经验最丰富的我出场，我也不负众望杀入了决赛，和另外两位学员争夺冠军。开赛前我虽然表面低调，但信心满满，因为我对自己的培训技巧相当自信。

结果，我输给了同学刘佳，一票之差。这一票，与其说输给了刘佳，不如说输给了追逐梦想的力量。

刘佳在我之后出场，这个清华大学的博士说要给大家分享一段自己的故事。然后她在 PPT 上展示了一组照片，那是她在参加江苏卫视《脱颖而出》之当家女主播节目的真实记录。

刘佳分享说：她从小就有一个梦想——成为一名主持人。后来，她成了清华大学的博士，成了咨询师，成了母亲，但这个梦想从没有泯灭。在孩子两个月大的时候，她得知江苏卫视主持人大赛的消

息。这个消息,瞬间点燃了刘佳心中那个梦想火花,她决定去试一试,决定挑战自己,决定让梦想变成现实。

她的坚定得到了家人的支持。于是,刘佳带着孩子和婆婆,从北京来到南京,从全国 1000 多名选手中突围,进入了 100 强。

遗憾的是,在继续晋级的比赛中,导演临时要求刘佳放弃准备了十几天的稿子,选择了另一个她不喜欢的题目,这影响了刘佳的发挥,她没能继续走下去。

在培训的结尾,刘佳给我们播放了她参赛时的视频。当时,给她灭灯的评委包小柏说了类似这样的话:你是一个两个月大女孩的母亲,应该可以分清什么是理想、什么是现实了。

刘佳回答说:做主持人,一直是我的梦想,即使我当了母亲,这个梦想也一直没有泯灭,所以我会出现在这里。我也希望用自己的行动给我的孩子做个榜样,有了理想,就要去追求。

刘佳的回答,太赞了!

培训结束后,六名评委投票,刘佳和我各得三票,打成平手!最后只能由这次培训班的导师古典来裁决冠军的归属。古典选择了刘佳。

之后我分享感受说:如果选手自己也有投票权,我也会把票投给刘佳。不是因为培训技巧,而是因为她坚定追逐梦想的感染力。**人类,永远无法阻挡追逐梦想的力量。**

在这个培训班里,我们组来自北京地质大学的一位老师分享了另一个故事。

她的一个学生,专业是地球物理,但超级喜欢画画,因此加入了校学生会宣传部。大二的时候，他在学校一次大型活动中设计的背景海报，得到《北京青年报》一位编辑的认可，他得以进入报社实习。

大三那年，报社希望他全职工作。这个来自河北承德农村的学生，面临一个人生重大抉择：去干自己感兴趣的事，还是硬着头皮熬到毕业拿到学位。

经过深入思考，在老师的帮助下，他说服了借债供他念书的父母，毅然决然选择了退学。

如今，在北京国贸，他已经开了一家有二十几名员工的设计公司。

追逐梦想的力量如此强大，注定了他把平凡的人生过得不再平庸。

你呢，是不是也有过瑰丽的梦想？

去追逐了吗？

或者是有过一些想法？

你行动了吗？

这次培训中，有一个叫海涛的小伙子给人的印象十分深刻。

他是 IT 男，话不多。三天的 PK 赛，他都没有上场参加。但 PK 环节过后，也是培训的最后一天下午，他忽然站到前面，说我要给大家讲一段。

他在培训开头给我们讲了背后的故事。来上课之前，看到通知说学员需要上台 PK，所以要带一身正装。不太擅长表达的他，决定在这次培训中挑战一下自己，一定要上台讲课。于是，他特地和老婆去商场买了衬衣、西裤，换掉了 IT 男习惯穿的牛仔裤和凉鞋。

可是，一共三次 PK 赛，五人小组只有三个人有机会。每天讨论谁去 PK 的时候，组员有的主动请缨，有的推荐合适的选手，他想讲，可一直没有勇气站出来说我要上。

眼看没机会了，海涛十分纠结。已经准备要挑战和锻炼自己，就这样不做尝试，灰头土脸地回家吗？然后用这个结果强化畏首畏尾、缺乏勇气的自我认知？

他决定无论如何这次都要上场。所以晚上和团队帮助上场的选手做好准备后，返回房间，他也准备了自己的 PPT，希望在上课前或休息时，找时间给大家讲讲。

可是培训安排得太满，他始终找不到机会。眼看没戏了，他和这次培训的组织人员谈起来这事。工作人员对导师古典说了，古典说：下午的课，就由你的培训开场！

就这样，海涛实现了他课前的想法，真正站在了讲台上。

三天培训结束的时候，同学们选了海涛做班长。他的真诚、他身上那种勇于挑战自我的勇气、他用行动实现自己目标的精神，感染了所有人！

后来，海涛问我：鹏程，你为什么选我做班长？

我说：我被你感动了。我还想送你两句话。

第一，对自己的梦想和目标，要坚定。当你知道自己要什么，坚定地追求自己梦想的时候，全世界都会给你让路！而唯有把梦想说出来，人们才会知道怎么帮你。

第二，此路不通时，问自己一个问题：我还可以做什么，来实现我要的目标？一旦这个问题问出来，此路不通的挫败感就会立马消失，一定可以找到办法的。

其实，第二句话，我没有对海涛说完。我还想继续表达的是：如果我是你，没有 PK 的机会上台，但很想锻炼自己，我绝对不会犹豫踟蹰，而是直接去找导师古典，要求给我上台的机会。

我想干，就去干，爱谁谁！

人类，怎么会阻挡追逐梦想的力量？！

你呢，是不是也有过瑰丽的梦想？

去追逐了吗？

或者是有过一些想法？

你行动了吗？

Just do it！

坐而思，不如起而行。没有行动，没有追逐，所有的一切都是意淫，都是镜花水月，都是海市蜃楼。

世界上最遥远的距离就是知与行之间的距离，有些人穷尽一生也到达不了彼岸，有些人即知即行，同样的寿命却能创造无尽的精彩。

海伦·凯勒说：生命要不然是一场大冒险，要不然就是一无所有！

Just do it 吧，人类，永远无法阻挡梦想的力量！

两分钟驻足思考　你的梦想是什么？你还愿意去追求自己的梦想吗？

八　职场人士该做的16件事

两周闭关，准备《高效能人士的七个习惯》培训。第七个习惯是不断更新。史蒂芬·柯维说，一个人要从**身体、心智、精神、社会/情感**四个维度不断修炼和提升，才能实现平衡和富有效能的人生。

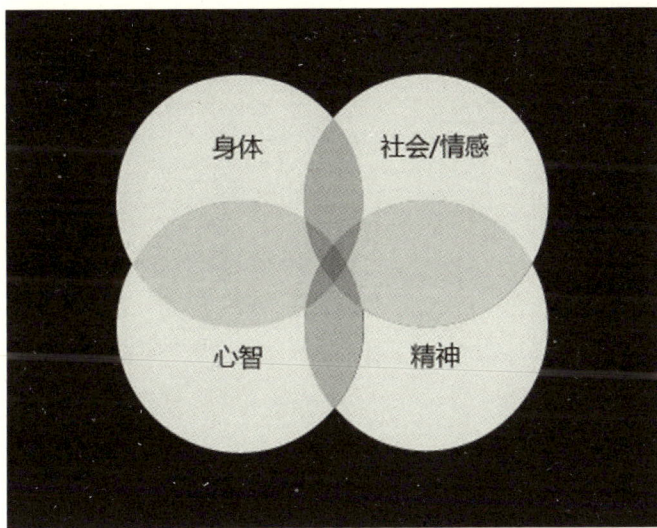

一不留神，已经35岁了。准备课程时不禁溜号，35岁的男人，在这四个方面该如何不断更新呢？我结合自己的体验，总结了职场人士该做的16件事：

身体

1. **坚持一项运动。** 无论是跑步、打球、游泳还是什么，核心是坚持。唯有如此，才能与渐渐凸显的小肚腩作战。怎样才能坚持？核心秘诀在于**找到自己喜欢的运动**，运动过后神清气爽，运动过程中十分享受。约三五好友一起玩，也有助于运动的持续。

2. **少喝酒。** 无论是喜欢，还是不得不，都尽量少喝吧。白酒喝多了难受，啤酒喝多了长肚子，少许红酒还好，既解馋又附庸风雅。**别和我说人在江湖身不由己的话**，我见过一个销售做得很好的人，滴酒不沾。

3. **烟，还是戒了吧。** 心理学上讲，吸烟的人，更多是控制源在外部的人，也就是自己的感觉、情绪更多依赖于外部事物。吸烟这事谁都知道不好，而且对别人也不好，那为什么还要继续做呢？试着掌控一下人生，戒了它。

4. **保证睡眠。** 不多说了，人到中年，耗不起了。

心智

5. **月读一书。** 多乎哉？不多也。一个月读一本，一年也就 12 本而已。我个人保持着一周一本的习惯，有时候一周会读两三本。推荐阅读《高效能人士的七个习惯》《影响力》《幸福的方法》《当下的力量》《正见：佛陀的证悟》。贪婪地读书吧！

6. **学好英语。** 如果工作和生活中用得到，就学好它。走过了三家外企，我见过太多因为英语不好而折戟职场的人了。你为什么没学好英语，回答一下这个问题：你坚持学了吗？坚持了吗？真的坚持了吗？任何英语培训都是打开一扇门而已，能不能学好，就在坚持二字。而任何成功，方向对头之后，都取决于能否坚持。

7. 写博客，或者写日记和各种总结。书写的过程，是整理思维的过程，一定会让你的思考更深入；而从自己知道到写出来让人能读懂，无疑在提升你的表达技巧。需要注意的是，博客和微博，不能啥都写，针头线脑，吃喝拉撒，念念碎。我主张对自己书写的文字心生敬畏。读到的人会感同身受吗？会受到启发吗？还是鸡毛蒜皮的表达浪费了人家的时间？负责任地写，写得专业，自然会吸引点击率和同一个圈子里的人。

8. 继续教育。选择一个感兴趣的方向，读个在职研究生。去参加一个培训、一个讲座，探寻一个新的领域。看看身边那些表现出色的人，其中一个共性就是不断在学习。他们自费参加很多培训课程，不断丰富和武装自己的思想。

精神

9. 书写"个人使命宣言"。"个人使命宣言"可以帮助我们梳理人生的意义，确立人生的目标，以及思考可以做的贡献。它是我们人生的宪法、指南针，帮助我们实现人生的价值。关于"个人使命宣言"，可以参见第 53 页。

10. 去旅行。要么读书，要么旅行，身体和灵魂，总要有一个在路上。旅行要慢，要停下来，去感受，去体会。只是去欣赏一抹夕阳，去观察一滴露珠，去嗅一朵花，都好。独处，冥想，就好。

11. 迷上一个爱好。可以摆弄乐器，可以跳舞，可以画画，可以插花，可以品茶，可以烹饪，可以……什么都好。只要不危害社会，不玩物丧志就好。爱好能够让你在纷繁的事务中，开辟一个只属于自己的心灵空间。

12. 行善。如果不知道该做什么，就去行善吧。行善的方向和范围，因着你的财力、时间、能力，可大可小。帮助别人，是产生幸福感的重要源泉。

社会／情感

13. 多陪陪孩子。四岁的女儿洗完头，我用电吹风给她吹头发。她的头发已然及肩，个子也长了很多，俨然一个大姑娘了。多陪陪孩子准没错，多年以后，我们一定会无比怀念那些遗失的美好。

14. 无期许地爱所有亲人。有能力，就帮助所有亲朋好友吧，别去计较家族里那些你多了我少了的鸡毛蒜皮，无期许地爱他们。我们往往容易生发大爱，去帮助陌生的人和全世界，却忽略了身边这些血脉相连的人。先从周围的亲人爱起吧，再去谈世界和平和人类大同。

15. 与有内涵的人交往。物以类聚，人以群分，这是真理。多和有思想、有内涵、上进的、高效能的人交往，耳濡目染，我们自然就有思想了、有内涵了、上进了、高效能了。当然，这有个前提：你得通过心智方面的不断修炼，成为一个有点内涵的人。任何圈子都有自然的壁垒，频率相同的人才会相互吸引。你太差劲的话，人家也不带你玩啊。

不断更新的最大障碍是什么呢？无疑是时间。更新是时间管理第二象限的事，重要但不紧急。很多人都会说：我太忙了，没时间进行自我更新啊。千万别这么说，借口而已。每周有 168 小时，而以上谈的这些更新，全加起来，十几个小时而已。少微博控一会儿，少游戏一会儿，少在网上无聊瞎转悠一会儿，全都有了。

35 岁，在人生的半山腰爬行。怎样才能让人生如烟花般绚烂？和各位分享最后一件要做的事：

16. 每年至少学习一门新课题，或一项运动，或开拓一个新领域，或者学会一门新技艺。一年 365 天，平均每天拿一小时，就做一件事。一年下来，你一定会成为这个领域里的半个专家了。

如果你能做到以上这些，你的人生定如烟花般绚烂。

两分钟驻足思考　你愿意从以上的16件事中，选择哪些去开始行动呢？

九　跟头摔过，南墙撞过，才能成长

某天天气晴好，带女儿出去玩。

她举着新买的风车，兴奋地迎着风跑，没注意到广场上的台阶，绊了一跤，狠狠地摔了出去，手和腿都磕破了，渗出血来，疼得她大哭。

老婆跑过去，把她拉起来，心疼，并且埋怨地说：哎呀，跟你说多少遍了，你跑的时候就不能看着脚下吗？你看看你，前天摔的地方还没好，今天又摔成这样！

四岁的女儿哭得更凶：妈妈你讨厌，我都摔破了，你也不安慰我，还说我？

我赶紧上前，把她揽过来，安慰说：爸爸看看，哎呀，磕成这样，我可怜的闺女啊。

女儿在我的抚慰下，哭了一会儿，转身又去跑了，跟没摔过一样。

我和老婆说：以后她再摔跤，你只要安慰她就好。不必讲"跟你说多少遍了，跑的时候注意脚下"这样的话。她那时候最需要的是抚慰，不是建议和批评。而且，她摔跟头的次数，不会因为你说了就会减少。你说的那些，都没有用，跟头是要摔的，是要经历的，然后孩子才会慢慢走得更稳，跑得更快，这是成长规律。

　　这些日子，一个很好的朋友很痛苦。因为婚外恋，他在老婆与情人间徘徊拉锯，是离婚，还是不离，这是个问题。离婚，他舍不得相伴 10 年的老婆和可爱的女儿；不离，他觉得终于找到了真爱，舍不得外面的情人。

　　他跟我说：我这辈子，再也不搞婚外恋了，真他妈难受啊现在。当初你就给过我建议，我后悔没听你的。

　　这个朋友和外面的女人开始关系不久，我就和他说：要把握好自己，这个游戏不好玩，玩过了火，所有牵扯的人都会受伤。然后，我就看着这个朋友，把我的话当成了耳边风，一步步往里滑，直到现在，面临离与不离的困境。

　　朋友说：不撞南墙不回头，我现在撞了南墙，终于知道了撞墙的滋味，还真他娘的疼。

　　妈妈给过很多次怎么看路的建议，女儿还是会摔跤；我早就警告过朋友婚外恋的苦果难咽，他还是滑向深渊。他们怎么就不听我们的金玉良言呢？

　　心理学上有一个模仿学习原理，这个原理认为，学习是可以通过模仿完成的，即一个人通过观察另一个人（榜样）的行为反应而学习了某种特定的反应方式。比如在公司，我们奖励某种行为，其他员工就会效仿那个行为，知道这样做是会得到奖励的；惩罚某种行为，其他员工就不跟着做了，这叫杀鸡吓猴。

　　那根据这个原理，女儿应该通过她妈妈的教育，学会如何更好地走路从而不容易摔跤了；朋友因为听了我的话，看到了其他婚外恋的悲痛结局，不再步其后尘了。怎么女儿还会一摔再摔遍体鳞伤，朋友还会不能自拔愈陷愈深呢？

可能，人生不是理论化的，不是教科书。人不是机器，没法儿那么一板一眼。别人的话，并不能代替自己的体验。人生是个不断试错的过程，跟头摔过，南墙撞过，才能成长。

这就如同，你警告多少遍说热水壶很烫不要去碰，孩子都不会在意你的话。直到某一天，他伸手摸了一下，才知道这东西还真烫，以后你不必警告，他也不摸了。

当事人的体验重于旁观者的说教，模仿学习不能让我们学会一切东西，这能给我们什么启示呢？

·即使你掌握的是真理，也不一定能说服别人去接受，或者按着你的想法去做。当事人需要体验，才能体会，才能成长。

·很多事情，说出你的建议和观点就好。即使对方没按照你的想法去做，结果真的如你所料般糟糕，也别放"我早就说过了""不听老人言，吃亏在眼前"这样的马后炮。我们很多时候也没听老人言，碰得满脑袋是包，才学会了独立思考。

·在无关大局的事情上，比如孩子摔跤，我们最需要做的，是倾听，是陪伴，是安慰，而不是批判，不是建议，不是说教。

人生需要经历，跟头摔过，南墙撞过，才能成长，我们的体会永远不能越俎代庖。

很多时候，我们需要做的，只是静静地倾听，真诚地陪伴。

両分钟驻足思考　你有没有这样的经历，无论别人怎么劝你不要做，你还是去做了某件事，做完后，你就后悔了？

十　幸福职场与圆满人生的终极秘密

从香港出差回来，当晚住在了上海。

晚上和上海的一个朋友一起吃饭，她也是个培训师，代表课程是"情绪与压力管理"。

我和她吹嘘了一下这次香港之行，说培训很成功。一共14名学员，课后评估平均分给到了8.2，而且有一个给了我满分10分，还有一个给了我9.9分。培训后，好几个学员还给我的老板写了邮件，反馈说我是一个很棒的讲师。

她说：那还真是不错。

我说：是，我很满意，不过这次培训最初我不想去，中间经历了一次思维转换。

她说：哦，怎么回事？

我说：这次培训本来没在计划里，是老板临时安排我去的。我很不情愿。第一，这两个月培训本来已经很多，出差挺频繁，不想再出去了。第二，对象是全球销售的VP和他手下各洲的销售总裁，是一群我们看来很挑剔和自以为是的家伙，不好对付。第三，用英文讲我不熟悉的主题MBTI，挑战很大。

她说：那后来你还是去了？

我说：是的，我跟老板沟通，说我不想去。可老板坚持说"I do hope you can go（我非常希望你可以去）"。英文里如果加了do，那就表示语气较重，我肯定逃不掉，非去不可了。所以，我就开始转换自己的思维，重新看待这次出差：哇，这是一次多好的机会啊！首先，可以在一群这么高 level（级别）的人面前曝光。其次，本来算 DISC 半个专家，对 MBTI 一无所知，正好趁准备培训把 MBTI 学习了，武器库里又多了门学问。最后，用英文讲课，逼着我再次练习口语啊。想到这些，我的情绪发生了很大转变，开始愿意接受这次任务了。

她说：哇，鹏程，你知道吗？你已经掌握了幸福职场和人生的秘密。我在"情绪与压力管理"课里面也会分享这个秘密。其实很简单，秘密就是"一念之转"。同样的事情，你一转念，情绪就会有很大改善。

我说：哦，这么厉害？

她说：是啊，就是这"一念之转"，决定了人生的不同。一件事情，如同硬币，有积极和消极两面。你喜欢看的，是积极阳光的那面，所以你看你传递出来的都是正能量。而很多人会看消极阴暗那面，传递出来的就是负能量。

我说：是的，那一转念，我就从消极被动变为了积极主动，从逃避推诿变成了乐于承担，从硬着头皮变成了满心欢喜。结果也很棒，不仅学员反馈好，我的老板也发了邮件对我大加表扬。她说，知道这次是个很大的挑战，但我又一次表现出乐于接受挑战的态度，并且很努力地准备，高标准地完成了工作。老板还说，非常开心这个 team（团队）有我。

她说：是啊，你带着主动的能量去做事，往往会成功。越是困难，越是挑战，就越是机会。搞定了，你就涅槃重生了。

的确是这样，生活中有很多类似的事情，如果你有得选择，当然最好。如果没得选择，那就调整自己的思维模式，一念之转，把这个结果当作自己的选择，满心欢喜，或者至少心平气和地接受。

在上一家公司时，有一个挺好的朋友辞职了。他是负责 5S 的，但他关于如何做 5S 的理念，和他的经理相差很远，所以，他提出的一些想法和所做的工作，很少能得到老板的认可。干着挺难受的，正好一个猎头拿着小铲来挖，他就跳槽了。

临走之前，我俩聊了聊。他无奈地和我说：鹏程，唉，在这儿干着挺不爽的，我的想法老板也不支持，没办法，只能辞职了。

我说：兄弟，你离开，是公司开的你，还是你有了新的工作机会，自己选择辞职的？

他回答：当然不是被开的，是猎头挖的我啊。

我说：那你还唉声叹气、叽叽歪歪干吗啊？又没人逼着你走，是你自己主动离职，你咋还跟怨妇似的呢？

他说：唉，对啊，我没啥好抱怨的啊。

我说：是啊，你这样想：我的工作理念和老板有分歧，在这里我不能施展自己的想法，那么，我选择离开。这是我的选择，而不是被逼的。

说到这里，他整个人的样子起了变化，腰板儿也直了，浑身散发出光辉：是啊，对啊，是我选择不干的，这是我的选择，我选择去别的地儿干。

这个一念之转，他就从不得不的被动情绪，转为了自己能够选择的主动态势，立刻有了把握和掌控生命的感觉。

事实证明他的选择是正确的。他去了一家制药企业，工作很爽，经常给我发邮件：鹏程，我们公司福利可好了，员工打球游泳啥的公司都给报销。怎么样，你有没有跳槽的想法，我们 HR 正好有空缺，要不要我给你推荐一下？

这是职场，人生又何尝不是呢？

我有个哥哥，混得不太好，现在生活挺困难的。前两天给我打电话，要借五万块钱去买房子。

接到电话，我挺郁闷的。父母这么多年就是我一个人养着，平时已经时不时地接济他了，可现在还来管我借钱。而且，这钱借给他，按他的状况，能还给我的可能性很小。

之后静下来，我转念想了想：作为兄弟，帮助哥哥不应该吗？人生很吊诡，命运安排我过得比他好一些，是个偶然事件。或许重新洗下牌，我就成了需要帮助的兄弟。我有能力帮助家族里的亲人，也是件幸运的事情啊，有很多家庭，兄弟们都没有能力，只能眼睁睁面对苦难。对外人，我们都可以毫不吝啬、善良慷慨，对家人，更应该无私宽厚啊。

转念间想到这些，我就心平气和了。和老婆商量了一下，把钱寄给了哥哥。虽然我知道，这钱应该回不来了，但是我再没有什么不良情绪了。

钱，去了它该去的地方。

一念之转，天地大不同。

我一向不太喜欢空谈玄妙的理论，所以介绍一个处理负面情绪的 PRP 步骤给大家，帮助各位去掌控自己的念头和情绪。

首先，全然接受（Permission）：接受自己的情绪，不管好的还是不好的，如有必要就写出来。不去对抗，全然地臣服。然后做认知重建（Reconstructing）：把对一个事件的解释从负面转变成正面，看看带来了哪些有价值的影响。最后，**全局展望（Perspective）**：以更广阔前瞻性的视角来看待眼前的情形。一年后我如何看待这件事情？为了更长远的目标和我追求的结果，我现在应该采取的最佳处理方式是什么？

这三个步骤具有很强的可操作性，对于处理负面情绪相当管用。

一次，从一位心理学教授那里分享到一句话：**世间的事，可以分为两类。一类是好事，一类是暂时还看不到好在哪里的事情。**

半瓶子水，是"唉，只有半瓶了"，还是"哇，还有半瓶啊"，这完全取决于你看待问题的思维方式。

一念之转，这就是幸福职场与圆满人生的终极秘密。

两分钟驻足思考　想一件一直让你很郁闷的事，仔细想想，这件事让你收获了什么，正向意义有哪些。